情熱のナポリタン

BAR（バール）追分

伊吹有喜

ハルキ文庫

角川春樹事務所

情熱のナポリタン

BAR追分

お好み焼き大戦

土曜の昼下がり、『ねこみち横丁振興会』会長の遠藤に、岸田怜への届け物を頼まれ、宇藤輝良は『きしだ企画』がある新宿御苑に向かった。

十一月に入ったら、風が冷たくなってきた。御苑の木々も色づきはじめ、冬の訪れが近いことを告げている。

『新宿・花日和』編集部に入ると、編集部員は誰もいなかった。編集長の岸田怜だけがずんぐりとした小柄な男と応接セットのソファで向き合っている。

宇藤に気付いた怜が、黒縁の眼鏡をはずして微笑んだ。ボーイッシュなショートカットにダイヤモンドのピアスがよく似合っている。

「ごめんね、宇藤君。お休みの日にお使い立てして」

「いいえ、ちょうどよかったです。僕も岸田さんにご相談したいことがあって……取材中ですね？」

「もう終わって、宇藤君を待っていたところ。どうぞ座って」

「その前にこちらを。会長からのお届けものです」

遠藤から托された保冷バッグを宇藤は怜に手渡す。礼を言ったあと、「クウカイさん」と怜が男に呼びかけた。

「こちらは『新宿・花日和』でエッセイを書いてる宇藤君。脚本も書いているの。宇藤君、こちらは……」

「晴海空開と申します。以後お見知りおきを」

男が立ち上がると、よく通る声で名刺を差し出した。肩書きは「演劇鉄板屋・時雨」とある。髪も眉毛も黒く濃く、山賊のような風貌の男だ。

悪かったですね、と空開が人なつっこく笑う。

「わざわざ運んできてもらって」

「たいしたことではないです」

空開の隣に宇藤が座ると、怜が保冷バッグの中身を取りだした。密封された豆腐のようなものが次々とテーブルに並べられていく。

おいしそう、と怜が目を細めた。

「ありがとう。会長さん、何かおっしゃっていた？」

「数が必要なら連絡くれって。これは……何ですか？」

チーズ、と言って、怜がすべてを保冷バッグに戻した。

「ハルミとか、ハロウミって呼ばれているキプロス島のチーズ。これをこんがり焼いて、ワインと一緒にいただくとおいしいの」

「チーズですか。初めて見ました」

　同じくですよ、と空開がうなずく。

「俺の名字と同じ名前のチーズがキプロスにあるって聞いて、最初はそれ、どこの店って思った」

「どこにあるんですか？」

　トルコやギリシャのあたり、と答えながら、空開が怜を見た。

「……でしたよね。怜さん」

「地中海にある島よ。あのあたりでは日本の梅干し的な伝統食だとか」

「スマホで調べていいですか……へえ」

　スマートフォンを出し、宇藤は「キプロス島　ハルミ」と検索してみる。

「検索したら、すぐに出てきました。ハルミチーズ……焼いても溶けないチーズ。キュッ
キュッとした歯ごたえで、かむと濃いミルクの味がする……おいしそうだな」

「うまそうでしょ」

　勢いこんで言った空開に「どうぞ」と怜が保冷バッグを渡した。

「ありがとう、怜さん、かたじけない」

　空開が立ち上がると、軽く保冷バッグを振った。

「レシピを考えたら、また相談にのってもらえますか」

「私でよければ」

「宇藤さんもよかったら今度、うちに来てください。サービスしますよ」

足取り軽く空開が編集部を出ていった。太めの体格なのに、身体の動きが早い。

空開の名刺を宇藤は改めて見る。

「岸田さん、演劇鉄板屋ってなんですか？」

「『演劇屋花嵐』って劇団、知ってる？」

「名前だけは。男ばかりで時代劇をしているところですよね」

「その花嵐が出したお店。この先の並びに女の子が最近、行列しているでしょ」

「ああ、あれ」

たしかに今月に入ってから、このあたりに来ると、たくさんの女性たちが道に並んでいるのをよく見かけた。

「あの行列はこの店に続いてたんですか？」

「そうよ。……ところで私に相談って何かしら？」

はい、と宇藤は姿勢を正す。

「折り入ってのお願いがありまして」

「原稿料の前借りとか？」

「もっと個人的なお願いです」

何？　と素っ気なく聞くと、怜が足を組む。薔薇の香りがふわりと漂い、黒のタイトスカートから網タイツに包まれた長い足がのぞいた。

「あの、私事で恐縮ですが……シナリオが一本書き上がりました」

「おめでとう」

「これから推敲するんですけど。僕は……うまく言えないんですが、女心ってのが、よくわからなくて」

「別にわからなくてもいいでしょう」

「それでは困るんです。だって主人公は女性だから」

「男にしたら？」

「もう書いてしまって。そして決して悪くない出来、というより今回は自信作です。だから細かいところをきっちり詰めて、万全の状態でコンクールに出したいというか……」

「女心と一括りにされても、女もいろいろいるのよ。ものの感じ方って、性別の違いより、その人の個性や生い立ちによるもののほうが大きいと思うけど」

怜が立ち上がると「コーヒーでも飲む？」と聞いた。

「いいえ、大丈夫です」

「私が飲むから。ブラックでよければ」

「では、いただきます」

怜が紙コップを手にして戻ってくると、テーブルに置いた。

軽く頭を下げてから、宇藤はコーヒーを飲む。緊張しているのか、薄いのか、あまり味がしない。

怜が再び足を組んだ。

「で？　お願いというのは？」

「アドバイスをいただけないでしょうか。岸田さんにアドバイスをいただくと、エッセイが見違えます。独りよがりなところが消えて、女性読者の気持ちに寄り添えるというか……。だから、ずうずうしいお願いですが、お時間があるときにでも、主人公がきちんと描けているのか、原稿を読んでいただけないでしょうか」

茶封筒から原稿を出し、宇藤はテーブルに置く。これから推敲すると言ったが、原稿には何度も手を入れ、人に読んでもらえるだけの水準には達している。ここからさらに推敲を重ねれば、かなりの完成度になるはずだ。

「シナリオのことはわからないな」

原稿に手を伸ばすと、怜がページをめくった。

「主人公は……十六歳、ドキドキすることが大好きな女の子……。若い人向けのドラマ？」

「十代から二十代を対象にと考えています」

コーヒーを飲みながら、最初の数枚を怜が読んだ。しかしすぐに原稿をテーブルに戻した。

「年齢が近い人に読んでもらったほうがいいんじゃないかな」

「審査をするのは岸田さんのように、たくさんの原稿を見たり書いたりしてきた人たちです」

「乙女心のときめきを知りたいのなら、実際に女の子がドキドキすることをしてみてはどう？」

「お化粧とか？　可愛い服を着てみるとか？」

怜がきれいな眉をひそめた。

「あなたの想像力ってその程度？」

「だからお力を借りたいんです。だって、わかりませんよ、男心もよくわからないのに……というか、自分のことだって、よくわかりません」

「困った人」

煙草を吸っていいかと怜がたずねた。どうぞ、と答えると、銀のシガレットケースを出して、細い煙草に火を付けた。

メンソールの香りが淡く広がっていく。

ドキドキね、と怜がつぶやく。

「それなら一度行ってみたら、空開さんのお店に」

「女性たちに混じって？」

最近何度も見かけた行列が『時雨』への入店を待つものなら、並んでいるのはメイクも服装も華やかな女性たちばかりだ。そんななかに一人で数十分も並んだうえ、彼女たちと相席で食事をするはめになったらかなり気まずい。

怜が軽く煙草の煙を吐いた。

「あの店に行列している女の子たちは、このうえなくドキドキしていることは間違いない」

「どうしてですか?」

「あの店は厨房(ちゅうぼう)もフロアもスタッフは全員、劇団の研究生たち。お目当ての研究生たちが接客したり、目の前でお好み焼きを焼いたりしてくれるわけ」

「くわしくは知りませんが、研究生って俳優のタマゴでしょう。そういう人たちにドキドキするものですか?」

「公式サイトを見ればプロフィールがわかるし、デビュー前の研究生ゆえに近づきやすいというのもあるし。夜の八時はショウタイムで、彼らが剣舞を見せたりする。それは、ときめくわよ」

「そういうもの? 岸田さんもドキドキしますか?」

「お子ちゃまには興味ない。でも、そうね」

怜が二本目の煙草に火を付けた。

「たとえば……Tシャツの袖を肩にたくし上げた佳い男が、鉄板の前で軽く汗ばみながら、自分のために懸命に焼いたり切り分けたりするお好み焼き。それは決して悪くはない」

「まったくおいしそうじゃないです、暑苦しい」

そう？ と怜が笑った。

「ではこれは？ ノースリーブから真っ白な腕をのぞかせた可憐な女の子が、鉄板の熱気で軽く頬を赤らめながら、あなたのために一生懸命焼いたり、切り分けたりしてくれるお好み焼き」

「悪くはないです」

「つまり、そういうことよ」

「どういうことですか？」

「あれこれ考えずに、鉄板とイケメンにドキドキしてきなさいよ」

「ドキドキしなかったら、どうしよう。鉄板野郎に惚れる要素が、僕にはひとかけらもありません」

「困った人」

困った子と言っているような口調で怜が笑う。この人から見たら、劇団の研究生と同様、シナリオライターのタマゴも『お子ちゃま』なのかもしれない。

岸田怜に見てもらうつもりだった原稿を持ち、宇藤はねこみち横丁に戻った。

　この横丁は行き止まりになっており、訪れた人々は神社の参道に似ているとよく言う。通りの最奥、お宮がある位置に建つのが、『BAR追分』だ。この店は夜は本格的なバー、昼は食事や飲み物を出すバールという、二つの営業をしており、二階には『ねこみち横丁振興会』事務所と、会の専従職員である宇藤の住まいがある。

　BAR追分に近づくと、入口脇に置かれた樽に、赤いリボンを首に巻いた黒猫、デビイが座っていた。背後には日替わり定食やおすすめのメニューが書かれた黒板が置かれている。今日のバール追分は『ホットケーキ&パンケーキまつり』開催中らしい。

　店のドアが開き、三十代ぐらいの男が現れた。色白の端正な顔立ちに、長い髪をうしろで束ねている。

　すれ違ったときに墨のような香りがして、宇藤は振り返る。男は悠然と通りを歩いていき、彼のあとを三毛猫のミケが追っていった。

　樽の上のデビイが小さな声で鳴いた。デビイのあごの下をくすぐってから、宇藤は店に入る。

「おかえり、宇藤さん」

　ほがらかな女性の声がした。カウンターの内側から昼のバール追分を切り盛りする佐々木桃子（きももこ）が微笑んでいる。

　カウンターに並んだ客が次々と「おかえり」と声をかけてきた。珍しく今日は女性客ばかりだ。

「こんにちは、フッコさんにミコさんに綺里花（きりか）さん……今日は何かの集まりですか？　あっ、菊池（きくち）さん」

「元気？　宇藤君、お邪魔してます」

「全然お邪魔じゃないけど……何かあったの？」

　大学時代の同級生、菊池沙里（さり）は秋の初めに再会して以来、たびたびこの店にやってくる。現れるときはいつも、別れた恋人といざこざがあったり、転職に悩んでいたりと、落ち込んでいるときが多い。

　何もないよ、と沙里がバニラのアイスクリームが載ったパンケーキをナイフで切り分けた。

「モモちゃんのツイッターで、今日はパンケーキまつりって聞いたから来ただけ」

「へえ……パンケーキが好きなの？」

「好き。熱いパンケーキに、冷たいアイスをのっけたのが大好き」

　沙里がパンケーキを口に運ぶと、幸せそうな笑みを浮かべた。ほかの客たちを見ると、沙里と同じく、みんなナイフとフォークを動かし、パンケーキのようなものを切っている。

「もしかして、皆さんもパンケーキまつりに参加を？」

「あたしはホットケーキだよ」

甘味屋『ミコ』の店主、美智子が、ホットケーキに蜜をかけている。ねこみち横丁の入口、仙石煎餅の向かいにある『ミコ』は夏はかき氷、冬は大判焼きを売る店だ。

「ホットケーキと聞いたら、いてもたってもいられなくってね」

「そんなに？　ホットケーキって大判焼きの皮と似てませんか」

ミコが軽く首を横に振った。

「似てると言えば似てるけど、気分が違うんだって」

「どう違うんですか？」

「こんがり焼けたホットケーキに極上のバタを塗って、黒蜜をかけるとさ、バタのあぶらに蜜がはじかれて、つつぅーとホットケーキのふちへ流れていく。これがたまんない」

「わかるような、わからないような。『極上のバタ』と言われると、バターがたまらなくおいしそうに感じるけど」

美味のかたまり、って感じがするね、と桃子が言うと、沙里が悩ましげな顔をした。

「どうしよう、やばい。ホットケーキも食べたくなってきた」

「ミニミニのホットケーキを焼きましょうか？　外がカリッ、なかがフワッの極小サイズのホットケーキに『極上のバタ』&黒蜜がけ」

「マジですか、そんなお願いできちゃうの？」

「もちろんですとも」

桃子がにやりと笑うと、幼児の手のひらほどのサイズの円形の型を沙里に見せた。

「今日はパンケーキ&ホットケーキまつりですからね！　心ゆくまでお楽しみください。ホットケーキの蜜は黒蜜のほかにメープルシロップもありますけど、野ばらのはちみつなんていかが？」

「野ばらのはちみつ？　可愛いね」

「名前もラベルもお味も超キュート。ご常連様からのおみやげなんですけど」

桃子がはちみつの瓶を沙里に差し出した。たしかに小さな野ばらが二輪描かれたラベルが愛らしい。

「横から入ってごめんなさい。ねえ、モモちゃん。その蜜、どんなお味なの？」

ベーコンエッグを載せたパンケーキを食べながら、綺里花がたずねた。靖国(やすくに)通り近くでクラブを営む遠山(とおやま)綺里花は、占星術と映画をこよなく愛する長身の美女だ。

「軽くてさわやかです。かすかに野ばらの香りがして。たとえるなら、春の日だまりのようなお味」

いいわね、と綺里花がスパークリングワインのグラスを傾けた。

「小春日和に春の日だまりを味わうというのも。あとでクレープを焼いてくださる？　そこに野ばらのはちみつをさっと一塗り」

　クレープ？　とつぶやき、宇藤はコートを脱いで、沙里の隣に座る。桃子がグラスの水を置いてくれた。

「僕は判別がつかないんだけど、ホットケーキとパンケーキって、どう違うの？　クレープはまた別物？」

　桃子が微笑むと、フライパンを指さした。

「フライパンで焼くケーキを全部、パンケーキと呼ぶらしいの。だから広い意味ではホットケーキもクレープもパンケーキの仲間」

「同じなんだ」

「でも、私は勝手に区別していて。甘さ控えめで薄く焼くときはパンケーキ。極薄だとクレープ。甘みがもう少し強くて分厚く焼くときはホットケーキって呼んでる。……お飲みものはいかが？　宇藤さん、お腹すいてない？」

「すいてるんだけど、今食べると中途半端な時間にお腹がへりそうで」

「それなら軽くパンケーキはどう？　甘いのが気分じゃないなら、ソーセージと目玉焼きを添えたパンケーキはいかが？　特製バジルソースもついてます」

　バジルソースを添えたパンケーキ。まったく想像がつかないが、桃子がすすめるのなら、きっと美味だろう。

「ありがとう、じゃあ、それ、お願いしようかな」

了解、と、桃子がボウルを泡立て器でかき回し始めた。

それにしても……と美智子の声がした。

「なんだろうね、モモちゃん。あたしゃ気になってしょうがないよ、さっきの男」

あの方ね、と綺里花が食べる手を止め、ふっと微笑んだ。その笑みが謎めいていて、宇藤は桃子にたずねる。

「何か問題があったの？　佐々木さん」

「逆、逆」

桃子が泡立て器を軽く振った。

「とても色っぽい男の方がいらっしゃった。ね、フッコさん」

九月からねこみち横丁の地域猫、デビイ、ミケ、キナコの三匹の世話に参加している加藤富喜子がうなずいた。

「たいそう風情のある殿方でしたね」

桃子がお玉を手に取ると、ボウルの中身をフライパンに置いた型の中に流し込んだ。

「あのお客様は最近、ランチによく来てくださるんだけど、毎回雰囲気が違うんです。この間は警備員さんの格好してて、その前はパンクロッカーみたいな革ジャン。その前はサイケな絞り染めのTシャツにベルボトムを穿いてた」

「カタギじゃないね」

美智子の言葉に、「私も自由業の人だと思います」と沙里が会話に加わった。

「長髪が許される職場って限られてるし。声がいいからミュージシャンとか声優とかじゃないかな？」

長髪？　と聞き返して、宇藤はグラスの水を飲む。

「さっき店を出ていった人？　お香みたいな、墨みたいな香りがした」

墨？　と富喜子が聞き返すと、うっとりした声で続けた。

「あの方でしたか。さっき一瞬だけパチュリーとサンダルウッドの香りがしました。かすかにベルガモットも」

「すれ違ったときに、ふっと香るなんて、センシュアルな男」

「お高い香水つけてそう。あの人、セクシーですよね」

沙里の一言に宇藤は首をかしげる。

「あの香りはセクシーなの？　僕は田舎の寺を思い出したけど」

「なんでお寺？」

沙里が眉間に皺を寄せた。言葉に出さないが「それも田舎の」と言いたげだ。

「僕が行ってた習字教室、寺にあったんだ」

「お坊さんなのかな」

　桃子がパンケーキを裏返した。甘くて香ばしい匂いが鼻をくすぐる。

「コスプレ好きのお坊さん……お経で鍛えてるから、やたら声がいいの」

「変わった人に思えてきた。もう、宇藤のせいだからね！」

　同級生だからだろうか。たまに沙里から呼び捨てにされると、学生に戻った気分になる。

　ドアが開く音がして、「やあ」と男らしい声が響いた。甘酸っぱい学生気分が消し飛び、宇藤は声の主を見る。

『ねこみち横丁振興会』会長、遠藤竜之介が店に入ってきた。噂の男は声が良いようだが、ねこみち横丁で渋い声の順位をつけたら、遠藤はおそらく筆頭に上がる人物だ。

　エスプレッソ、と立ったままで注文すると、遠藤が視線をよこした。

「さっきはすまなかったな、お使いに行ってもらって。ところで怜ちゃんに聞いたんだが、書き上がったそうじゃないか、シナリオが」

　本当？　と桃子がうれしそうに言うと、遠藤の前にエスプレッソを置いた。

「おめでとう、宇藤さん。お祝いしなきゃ」

　おめでとう、と沙里が軽く背中を叩いた。

「やるじゃん、宇藤」

「いや、まだ、これからうんと推敲しないと……」

　素っ気なく言ってみたものの、二人におめでとうと言われると、やりとげた実感がわいてくる。

遠藤がエスプレッソに角砂糖を一つ入れ、匙でかき回した。

「どうだい？　軽く夜に一杯。祝杯をあげようじゃないか。ごちそうするよ」

「いえ、そんな……まだコンクールに応募もしていませんし」

「まずは一山越えたんだろう？　付き合ってくれ。最近、気の晴れないことが多くてな。めでたいことにかこつけて飲みたいわけだ」

「よかったね、宇藤君。私までうれしくなってきた」

遠藤がカウンターを見回し、微笑んだ。

「今日はきれいどころが勢揃いだな。隣のお嬢さんはご友人か」

「大学時代の同級生です」

「俺は十時過ぎに来るが、よかったら皆さんもどうぞ。じゃあ、また夜に」

エスプレッソを飲み干すと、遠藤が店を出ていった。

「お忙しいお方」

紅茶のカップを手にした富喜子が、やさしい眼差しで遠藤が閉めたドアを見遣った。

「あら、どうしましょう。会長さんが飲んでいらっしゃるのを見たら、エスプレッソが飲みたくなってきたわ」

「僕もです」

「夜、眠れなくなっちゃうかしら」

「大丈夫ですよ、フッコさん。カップが小さいですし」

桃子が小さなエスプレッソカップを富喜子に見せた。

「手前味噌ですけど、うちのエスプレッソはおいしいんですよ。会長さんが鮮度のいい、よりすぐりの豆を入れてくださってるから。宇藤さんはダブルのエスプレッソとパンケーキにする?」

「いいかな?」

もちろん、と桃子が軽く腕まくりをした。水色のシャツからのぞく腕の白さになぜか軽く胸のあたりがざわめいた。

時計に目をやり、宇藤は胸のざわめきを押さえつける。十時まであと六時間近く。昨夜は徹夜をした。いつもなら五時までこの店にいるのだが、今日は早く切り上げて、十時まで眠ろう——。


土曜の夜の十時。佐田辰也がバー追分に来ると、この時間には珍しく、奥と、手前の席しか空いていなかった。

白髪のバーテンダー、田辺（たなべ）に奥の席を勧められ、佐田はカウンターに居並ぶ客の背後を静かに歩む。

数人の客が、「おめでとう」と背が高そうな若者に言っている。

この店には昼も夜も来ているので、おぼろげながら彼のことは知っている。この横丁の管理人をしている宇藤という青年だ。外見から察するにおそらく二十代半ば。昨年、三十の大台に乗った自分から見ると、まだ若い。

ごま塩頭の年配の男が、宇藤に向けて「乾杯」と言っている。

「おめでとさん。タッちゃんはちょいと遅れるらしいからさ。先に乾杯だ」

申し訳なさそうに宇藤が頭を下げている。

「でもまだ完成じゃないんです。叩き台ができたってところで」

十分だよ、と、ごま塩頭の隣にいるアフロヘアの男がグラスを掲げた。

「ゼロからイチを生み出す瞬間が一番、馬力がいるのさ。叩き台ができたら、すごい進歩だ。ゼロには何をかけてもゼロのままだけど、イチに百をかければ百。千の手間をかければ千になるよ」

アフロヘアのこの男は青木梵（あおきぼん）という有名な芸術家だ。その梵と親しげに話しているところを見ると、宇藤も芸術家なのだろうか。

奥の席に着くと、エスプレッソマシンの陰に、佐々木桃子が一人で座っていた。

この店のカウンターはアルファベットのLのような形をしており、奥へ進むと直角に折れ、そこに二人分の席がある。業務用のエスプレッソマシンに隠れて、ほかの席から死角になっているそのスペースは、昼は管理人の宇藤が、夜になると「ヨウカさん」と呼ばれる謎めいた美女と、昼間の店主、佐々木桃子が座る指定席だ。

こんばんは、と声をかけると、桃子が微笑みながら挨拶を返した。日中は髪を束ねているが、今はきれいに波打った髪を下ろして、くつろいだ様子だ。

「今日は管理人さんのお祝いか何か？」

「そうなんです、ごめんなさい、ちょっぴり騒がしくて」

「別に気にならないけど」

伊藤君、あるいは純君、と皆から呼ばれているバーテンダーが、スターターのコンソメスープを佐田の前に置いた。

純にジンリッキーをオーダーして、スープを飲んでいると、桃子が軽く頭を下げた。

「佐田さん、この間は素敵なはちみつをありがとうございました」

「こちらこそ、もらってもらえてよかった」

先週の末、歩いて十五分ほどの実家に顔を出したら、旅行のおみやげにはちみつを一瓶もらった。パンに塗ったり、ヨーグルトに入れたりするとおいしいという。

うまそうなはちみつだったが、朝はトマトジュースしか飲まないし、ヨーグルトも食べない。一人暮らしではとても消費できないと思ったので、バール追分で食事をしがてら、事情を話して桃子にはちみつを譲った。

「うまい蜜だと、おふくろは言ってたけど、どうだったのかな」

「とてもおいしいです。かすかに花の香りがして。お客様にもお出ししたんですけど、大好評でした。パンケーキとの相性がすごくいいんです」

「パンケーキ？　ホットケーキみたいなやつ？　女の人は甘いものが好きだね」

「甘いものが主流ですけど、お食事にしてもおいしいんですよ。ねえ、宇藤さん」

桃子が声をかけると、佐田の左に座っている宇藤が、顔を向けた。

「お食事パンケーキ、悪くなかったでしょう」

今日のあれですか？　と宇藤が聞くと、「うん、今日のあれ」と桃子が答える。息の合う二人だ。

宇藤が「おいしかったですよ」と答えた。

「僕はパンケーキって、食事にはならないんじゃないかって思ったんですが、これが意外にもしょっぱいおかずとよく合いました」

「しょっぱいおかずって？」

「ソーセージと目玉焼きをパンケーキと一緒に食べたんです。最初はソーセージと甘いパンケーキなんて、って思ったんですけど、食べたらおいしかった。甘い生地がソーセージの塩味を引き立てるというか」

そう、と気のない返事をしたら、桃子が軽く身を乗り出した。

「佐田さんはホットドッグはお好き？」

「どちらかというと好きかな」

子どもじみているようで好きと言いづらいが、実はかなり好きだ。小学生の頃、給食で出るとうれしかったし、今もしばしばコンビニで買っている。

宇藤さんは？　と桃子が聞くと「好きだよ」と宇藤が即答した。

素直な男だ、と宇藤を見ると、照れくさそうな顔をした。

「小学生みたいですけど、僕はコンビニでよく買うんです」

「たしかにあれは無性に食べたくなる」

それならね、と桃子がうれしそうに言った。

「お二方ともパンケーキとソーセージの組み合わせは、はまるよ。ホットドッグと同じだもの、ホットドッグのまわりの、あの甘くてカリカリしたところ、あれはホットケーキの生地とほぼ同じ成分だから」

そっか、と宇藤が納得したような顔になった。

「どこかで食べたことがあると思ったんだ。でもホットドッグよりいいかも……なにげに目玉焼きの黄身とソーセージの塩気がいい感じに絡んでうまかったです。そこに緑のソースが入って……」

「緑のソース？　辛いやつ？」

思わずたずねたら、「バジルのソースなんです」と赤いカクテルを飲んでいた桃子が宇藤の代わりに答えた。

「ジェノベーゼというパスタに使うソースだから、小麦粉つながりでパンケーキにも合うと思って」

おいおいおい、とごま塩頭の男が会話に入って来た。

「ごめんよ、話に割って入っちまって。だけど小麦粉と聞くと、黙ってられないな。パンケーキを悪く言うわけじゃないが、小麦粉をのばしたもんなら、オイラはお好み焼きがいい。ステンレスのカップにさ、キャベツの千切りとお好み焼きのタネを、カコカコカコって音立ててまぜて、鉄板にじゅわーっと伸ばして」

「いいですね。目に浮かんできます」

しみじみと宇藤が答えると、情景を思い浮かべているような顔をした。

「匂いも浮かんできた」

「お前さん、お得な奴だなあ。じゃあ続けるけどよ。鉄板に伸ばしたタネのふちが固ーく焼けてきたら、脇で焼いた肉とエビなんぞを、ヒョイヒョイっと置いて、ひっくり返して。またじゅわーっ」

「そこをコテで軽くジュッと押して」

　宇藤が合いの手を入れると、「あの……」と控え目な声がした。青木梵の隣にいる野球帽をかぶった男だ。

「おっと、声がでかかったかい？　失礼、失礼」

　そうではなく、と野球帽が小声で言う。関西風のイントネーションだ。

「そこは押したらアカン。ひっくり返したところで押したら、お好み焼きのふんわり感が消えますやん」

「そうだな、たしかに押すと固くなる」

「でもコテでぎゅーっと押したくなりませんか？」

「そこは好みだな。続けるぞ。で、焼き上がるだろ？　そこにソースをたっぷり塗って、青のりをぱらり。お好み焼きの上に鰹(かつお)の削り節を載せると、身をよじるようにして鰹節がヒワヒワ揺れて」

　ヒワヒワ揺れる、とは妙な言葉だ。しかし聞いたとたんに、削り節がお好み焼きの熱にあおられ、踊る様子がはっきりと浮かんできた。

　冷たいジンリッキーを佐田は一口飲む。ごくり、とのどが鳴った。

「そこにあれだよ、俺はあんまりかけねえが、マヨネーズを縦横にぴゅーっと振りかける」

ふう、と野球帽が大きな息をもらした。

「大阪に帰りとうなってきた」

「関西風のお好み焼き、おいしそうですね」

野球帽の隣にいる男が言った。薄手の茶色のセーターを品良く着こなした男だ。

「でも私はですね、そこに焼きそばを入れたい」

「広島風ですね」

バーテンダーの田辺がグラスを拭きながら微笑む。セーターの男がウイスキーグラスを干すと、軽く振ってみせた。

「田辺さん、同じ物をもう一杯。ところで、広島ではキャベツとお好み焼きのタネはまぜないで焼くんです」

どんなふうに焼くんですか？　と宇藤がたずねた。

「まずはですね、クレープみたいに薄手にタネを焼いて、そこにキャベツをこんもりと、『えっ？　そんなに載せるの？』ってぐらいに載せてですね、肉を置いて生地を少し振りかける」

「そいから、どうするんだい？　広島のお方」

「ひっくり返します」

セーターの男が、両手に持ったコテでお好み焼きを裏返す手つきをした。

「肉とキャベツの上にはクレープ状に焼けたタネ。これでキャベツを蒸し焼きに」

「ヘルシーですね」

宇藤の言葉に「我が意を得たり」という顔でセーターの男が何度もうなずく。

「その間にそばを焼きますよ。本体のキャベツに火が回ったら、そばの上に移して押さえます。そうしたらお次は卵だ。卵を焼いて軽くつぶしたら、そこに本体を載っけて、そして」

「そして？」

ごま塩が合いの手を入れた。

「裏返します。そばの隙間を玉子の白身と黄身が埋めて実にうまそうだ。そこにお好み焼きのソースをたっぷり。茶色のソースの下から焼けた玉子が透けて、ここでグッと腹が鳴ります。青のり、おかかをまぶして、できあがりです」

野球帽が軽く手を挙げた。

「うまそうだけどさ、たしかに広島風のお好み焼きはメッチャうまいよ。だけどあれは粉モンと言うより、焼きそばの変形バージョン。そばを小麦粉と卵で包んでソースで食うっていう麺料理と違うかな？」

何をおっしゃいます、とセーターの男が反論した。

「広島風を麺料理と言うなら、関西風は混ぜ焼きですよ。しかも大阪の人はお好み焼きでご飯を食べるそうじゃないですか」

「全員が全員ってわけじゃないけど、俺は堂々、おかずにするね」

「野菜、肉、卵、やきそば。広島風には麺があるから、ご飯を食べなくてもいい。これ一つで完結する潔さ。広島風お好み焼きの完成度の高さときたら、これぞキングオブ小麦粉焼き、粉モン王ですよ」

「粉モン王と言われると、江戸っ子のオイラも参加したくなるな。もんじゃはどうだい?」

ちょっと待った、とごま塩頭が割って入った。

えーっ！　と大阪、広島組が声を揃えた。

「もんじゃはメシになりませんやん」

「でもあれでビール飲むとうまいよ」

「粉モンにしては、もんじゃは小麦粉をゆるく溶きすぎです」

「ありゃりゃ、広島、大阪連合対東京になっちまった。おーい、モモちゃん。モモちゃんはどっちが好きかい?」

私?　と桃子がエスプレッソマシンの陰から顔を出した。

「粉ものって言えば、この間、ガレットっていう、おいしい蕎麦粉（そばこ）のクレープを食べたのね。粉モン王って言われると、今はそれが浮かぶ。ガレットの作り方をビシッと覚えたいなあ」

「えっ？　蕎麦粉？」

セーターの男が言うと、野球帽の男が軽く手を横に振った。

「それ、小麦粉と違いますやん」

「蕎麦は蕎麦で食ったほうがうまいとオイラは思うがなあ」

「やだ、日本対フランスになっちゃった」

「お待ちなさい」

おごそかな響きに、佐田は声がした方角を見る。声を発したのはアフロの男、青木梵だった。

「あなた方は何かを忘れていませんか。小麦粉を焼いたものの王、粉モン王と言えばですよ……」

なんですか？　と宇藤がたずねると「なんですよ」と梵が答えた。

「えっ？　本当に何ですか？　梵さん」

「ナンです。インドのナン。小麦粉をのばして焼いて、カレーをつけて食べるあれ。肉、野菜、魚、なんでも受け止める、ガンジスの流れのごとき、ふところ深きナン。僕はキーマカレーとナンの組み合わせは、三日続けて食べても飽きないね。あれぞ粉モン、鉄板焼きの王」

「いやいや、それはないっしょ」

野球帽の男が再び手を横に振ると、ごま塩頭も同意した。

「なんでも受け止めるったって、全部カレーじゃねえか」

スマホで検索していた宇藤が顔を上げた。

「梵さん、それにナンは鉄板じゃないです、石窯（いしがま）です」

そうか、と梵が無念そうに言った。

「でも粉モンのカテゴリーで言ったらさ、忘れないでおくれよ、ナンを」

「石窯もありなら、私も参戦していいでしょうか。サルトリアとして一言」

カウンターの端に座っていたスーツ姿の紳士がワイングラスを掲げた。

サルトリアって？　とつぶやき、宇藤がスマホを操作している。

「あ、仕立屋さん……オーダーメイドの服ってことですか？」

そうです、と紳士が宇藤に微笑んだ。

「イタリアで修業をしました。石窯なら、ピザもありでしょう。粉モン王の称号はピッツァにこそふさわしい」

「ピザはうまいが、あれはイタリア風お好み焼きと違います？」

「たしかに仲間かもしれません」

「仲間ですよ、我々とお好み焼き同盟を結びましょう」

「広島、大阪連合とイタリアが同盟？」

桃子の一言にみんなが笑ったとき、バーのドアが開いた。カーキ色のフィールドジャケットが似合う年配の男が店に入ってくる。

この人のことも、名前は知っている。『ねこみち横丁振興会』の会長、遠藤だ。

「遅れてすまん。……みんな楽しそうだな」

「粉モン戦争が勃発したんです」

粉モン戦争？　と宇藤に聞き返して、遠藤が空いている席に座った。

「おだやかじゃないな。しかし粉モンの戦いなら、紛争と言ったほうがよくないか」

「何言ってるんだい、タッちゃん」

ごま塩頭がまぜかえすと、遠藤が笑う。よく鍛えられた身体の男が屈託なく笑うと、裏表のない頼もしさが漂った。

スターターのスープを飲んでいる遠藤に梵がたずねた。

「会長は粉モン王は何だと思います？　関西風お好み焼き？　広島風？　ガレット？　あとはもんじゃとナンとピザが参戦。ピザは今、お好み焼きと同盟を結びそうな状況」

「小麦粉をツナギにすれば、何をしてもうまいよ。戦争しないで連合しろ」

なるほど、と宇藤の声がした。

「国際連合ならぬ、粉もん連合ですね」

「いまいちキレがないな。文筆業だというのに」

さて、と遠藤が田辺と向き合った。

「祝杯をあげるか。だけどその前にお好み焼きと聞いたら、ビールが飲みたくなってきた。軽くのどを潤そう。何がいいだろう」

「ガージェリーのスタウトはいかがでしょう」

「黒ビールか。いいね、まずはそれを」

弾んでいた会話の熱気がやわらぎ、再び静かな時間が流れ始めた。

お好み焼きか……。

ライムの香りがするカクテルを飲みながら、佐田は考える。

お好み焼きと聞くと、関西風でも広島風でもない、祖父が焼いてくれた素朴な味がよみがえる。あの味を思い出すと、お好み焼きは具を楽しむというより、焼いた小麦粉にたっぷり塗られたうまいソースを味わうものだと感じる。少数派の意見になりそうだが……。


翌週の月曜日は浜松への出張だった。五時前に仕事が終わったので、早めの夕食を取ろうと佐田は浜松駅近くの繁華街を歩く。

チークやラタンの家具や、インテリアグッズの企画と販売の会社に勤めて今年で九年になる。日本でデザインをおこし、東南アジアで製作している家具類は洋室にも和室にもなじみ、なかでも観葉植物との相性が良い。そうしたコーディネートの事例を見せながら、ホテルやカフェなどへの営業を行うのが佐田の仕事だ。

町並みを眺めながら、佐田は幼い頃の記憶をたどる。

幼稚園から小学校四年生まで、夏休みになると、浜松市の祖父の家に預けられていた。その頃、駅前にも何度か来たことがあるはずだが、あまり覚えがない。

夕飯は何にしようかと考えていると、繁華街の一角に「浜松餃子、お好み焼き」の看板を見つけた。古びた店構えだが、お好み焼きの文字に惹かれて引き戸を開ける。

いらっしゃい、と、カウンターの内側から、明るい声がした。店名は女性の名前なので、この人が店主なのだろう。かなりの年配だが、にこやかな笑顔はバール追分の店主と雰囲気が似ている。

うまいものが食べられそうな予感がして、佐田は鴨居に貼られたメニューを眺める。短冊に書かれた文字は変色して、店構えと同じく古びているが、値段は安い。

餃子とお好み焼き、ビールを頼んでみる。すぐに瓶のビールとコップが出されたので、まずは一杯飲む。

緊張感がほどけたのか、身体が緩んできた。

ビールを飲むようになったのは、社会人になってからだ。最初は苦みが好きになれなかった。ところが会社の飲み会で年上の人々と飲んでいるうちに、しだいに慣れてきた。今では緊張がほぐれるようにまでなっている。

カウンターのなかを見ると、店主が餃子を鉄板に並べていた。餃子の皮もまた小麦粉だと思うと、バー追分で聞いた粉モン王の話を思い出した。

お好み焼きか……。

ビールをコップに注ぎながら、佐田は再び祖父のお好み焼きを思い出す。

幼稚園の頃に親が離婚をした。それから母が再婚して専業主婦になるまで、夏休みになると母方の祖父母の家で過ごした。

その祖父は毎週水曜日、祖母が習い事に出かけて、友人たちとランチを食べる日は、昼食を作ってくれた。メニューはいつも同じ、ホットプレートで焼くお好み焼きだ。具は細かく刻んだ沢庵と紅ショウガと青ネギだけの薄いものだが、これが美味だった。

汗をかきながら、祖父は薄いお好み焼きを何枚も焼き、半分はソース、半分は醤油で仕上げていく。出来上がると、瓶のビールとみかんジュースを用意して、高校野球を見ながら二人でのんびり食べた。コップにビールを注ぐ祖父の仕草をまね、瓶のジュースを飲んだのがなつかしい。

「お待たせしました」

店主の声とともに、目の前に餃子の皿が置かれた。

ふっくらとした餃子が十二個、ひまわりの花びらのように並び、まんなかには茹でたもやしがこんもりと盛られている。

口に運ぶと、パリッとした皮の食感のあと、キャベツのやわらかな歯触りが続いた。野菜多めの具はさっぱりしているが、みじん切りのキャベツが肉汁を吸っているのかコクがあり、いくらでも食べられそうだ。

うまい、と言ったら、店主が微笑んだ。

瞬く間に食べ終えると、今度はお好み焼きが目の前に置かれた。

たっぷりのソースの上に、ごま塩頭の男が言う『鰹の削り節が身をよじらせるようにして』揺れている。

さっそく食べると、餃子と同じく、ふんわりとしたキャベツがうまい。しかしそのなかにコリコリとした食感のものがある。

「もしかして、沢庵が入ってます？」

入ってるけど……と、店主が戸惑いがちに言ったあと、「苦手？」と聞いた。

「いいえ、そんなことはないです」

「このあたりはお好み焼きに、みじん切りの沢庵を入れるんですよ」

再び口に運ぶと、沢庵の歯触りと塩気が、お好み焼きに絶妙のアクセントをつけている。

そこに甘みがほどよいソースが絡んでたまらない。

お好み焼きにマヨネーズをつけてみる。マヨネーズのうまみと油分に乗ってソースの味わいがさらに広がっていく。あらためて、ソースは多くの野菜と果物からできていることを実感した。

　夢中になってお好み焼きを食べ続けた。沢庵の歯触りが実に心地良い。

「うまいです、沢庵入り」

　よかったやぁ、と店主が笑った。祖父母と同じ抑揚の言葉だ。

「お客さん、どこから?」

「東京。でもおふくろの実家が浜松にあって」

　鉄板についた焦げを大きなヘラでこそげおとしながら、「そう」と店主がうなずいた。

「……祖父が焼いてくれたお好み焼きにも沢庵が入ってた。でも具はネギと沢庵と紅ショウガだけ。キャベツも肉も入ってなかったです」

　ああ、と店主が目を細めた。

「こういうの?」

　店主が鉄板にお好み焼きのタネを薄く置くと、お玉の底で伸ばした。その上に細かく刻んだ沢庵と紅ショウガと青ネギを載せる。黄色、赤、緑の色合いが華やかだ。

「そうです、そういうの、まさにそれ」

「なつかしいね。外から来た人が間違えないように、最近は遠州(えんしゅう)焼きとか田舎焼きって呼ばれているけど、昔はお好み焼きって言ったらこんな風」

「本当ですか？　祖父の趣味だったわけじゃなく？」

「このあたりは沢庵の産地だから。お好み焼きって、戦後の何もない時代になんとかしてお腹がふくれて、元気が出るようにって工夫したのが発祥だから。手に入りやすい食材を小麦粉を溶いてのばしたものに入れたわけ」

店主がお好み焼きを裏返した。

「仕上げは何を塗ってた？　醤油、塗ってなかった？」

「塗ってました。たくさん焼いて、醤油とソースの二種類の味で食べました」

「それは豪勢だ。昔は駄菓子屋の店先で焼いててね。うちの近所は醤油味だった」

店主が薄いお好み焼きに醤油を塗ると、三つに畳んで長方形の形に整えた。

「ハイ、サービス」

「お代を払いますよ」

「いいの、いいの。私もなつかしかったから」

「じゃあ、もう一本、ビールを」

ビールが来るのを待てずに、佐田は皿に箸をのばす。ソースもうまいが、沢庵のお好み焼きには香ばしい醤油味も合う。

「おじいちゃんの味だ……」

「そりゃよかったやぁ」

店主が微笑むと、タオルで汗をぬぐった。

ビールをコップに注ぐと、祖父の姿を思い出した。

夏になるたび親元を離れて過ごす孫を、祖父はどんな思いで眺めていたのだろうか。その祖父は、母が再婚したのを見届けたら、安心したかのように翌年の春に他界した。

祖父の真似をして、みかんジュースを飲んだ夏を思い出す。ほんの少し涙腺が緩んだ。

顔を上げてビールを飲み、落ちかけた涙を止める。

人生のほろ苦さを知ったら、ビールの味がわかるようになってきた。

あれから二十年以上たつのか。

祖父に注ぐような気持ちで瓶を傾け、再びコップにビールを満たす。飲む前にわずかにコップをかかげて、心のなかで祖父に語りかけた。

やっぱ、うまいよ、お好み焼き。

それから……ビールがうまいと思える年に俺もなったよ、おじいちゃん。

秋の親子丼

「兄ちゃん。ここ、落ち着くね」

夜の十一時、バー追分のカウンターで弟の奏太（そうた）が言った。

その言葉に清水啓太（しみずけいた）は少しだけ頰（ほお）を緩ませる。好きな店をほめられるのは、自分の選択眼をほめられたようでうれしい。

奏太が腕時計を見た。

「おっと、もうこんな時間か。そろそろ寝なきゃ。兄ちゃん、トイレはどこ?」

「子どもみたいなことを言うなよ、三十七のおっさんが」

苦笑しながら、啓太は店の奥を指差す。

「兄ちゃんだって四十のおっさんだろ。飲むと童心に返るんだよ」

軽く笑って、啓太はウイスキーのグラスを傾ける。父が好きだったグレンリベットのふくよかな香りが鼻をくすぐった。

飲んだら童心に返るという酒癖は、泣き上戸や絡み上戸よりいい。なによりも自分たち兄弟にとっては、失われた時間が戻ってくるみたいだ。

「奏太、もう少し飲もう。話したいことがまだあるんだ。どこに泊まってるんだっけ?」

「ゴジラのホテルだよ」

「どこ、それ？」

　いやだな、と奏太が笑った。

「東京の人なのに知らないの？　そこのほら、歌舞伎町の映画館のところにゴジラがいるじゃん」

「どこに？　俺、知らない。いましたっけ、田辺さん」

　バーテンダーの田辺がグラスを拭きながら、新宿コマ劇場の跡地にできた建物に映画館やホテルが入っており、その映画館側の建物からゴジラが顔を出しているのだと言った。

「そうなんだ……言われてみれば、そんな話を聞いたことがあるな」

　えーっ、と奏太が軽い抗議の声を上げた。

「そんな淡泊な反応？　俺、今日、写真を撮りまくってきたのに。ゴジラが見える部屋をわざわざ予約して、山梨から出てきたってのに」

「そんなに好き？　歌舞伎町なら近いからいいじゃないか。まだお父さんの酒しか飲んでないよ。なんだっけ？　奏太がいつも飲んでるのは」

「グレンリベットのナデューラってやつだ」

「じゃあ最後にそれ一杯、飲んでいこう」

「名残惜しいけどさ、明日、早いんだ。搬入の手伝いしなきゃいけないから」

　弟の奏太は父のあとを継ぎ、山梨の山中で陶芸工房を一人で営んでいる。陶芸だけでは生活ができず、本人の言葉を借りれば、半陶半農の暮らしぶりらしいが、同じように小さな工房で創作をしている仲間たちが全国におり、彼らの作品展を見にきたり、手伝いにきたりで、ここ最近こまめに上京してくる。

「お前さ、人のことばっかりで、自分の個展はやらないの？　やるんだったら、うちの店でも協力するのに」

「俺の焼いてるものなんて、個展をやるほどのものでもないよ。本当に雑器だからさ」

へへ、と奏太が照れくさそうに笑っている。

「へへ、じゃないよ。お会計を」

バーテンダーの伊藤純に声をかけると、奏太が財布を出した。

「兄ちゃん、ここは俺に出させて。さっきも飯をゴチになったし」

「いいよ、早くトイレに行ってこい」

「いや、駄目だって」

「いいって、たまに会うときぐらい」

いい、という部分を強めに言ったら、奏太がすまなそうに頭を下げた。

「じゃあ……ありがとう、ゴチになります。今度はうちに来てよ。さっきも言ったけど、父ちゃんの七回忌のこと忘れないで」

「これ飲んで、今日、二人で追悼したじゃないか」

グラスを指差すと、奏太が寂しそうな顔をした。

「そうだけど。もし都合がつくならやっぱり来週、来てくれるとうれしいよ。うちは山奥だから、まわりの親戚、町に出ちゃったり高齢化したりして、結局、誰も法事に来られないんだ。俺一人で坊さんのお経を聞くのは寂しすぎる」

「考えとく」

奏太が席を立ち、トイレに行った。

グラスを持ち、啓太はウイスキーの色を眺める。軽く傾けると、手のなかで琥珀色の光がきらめいた。

大学卒業後に貿易会社に十年勤めたのち、母が営む輸入雑貨の販売と買い付けの会社を継いで今年で八年になる。仕事柄、外で飲む機会はあるが、ワインやビールが多く、ウイスキーにはなじみがない。弟の奏太は逆で、外で飲むことはあまりなく、家でウイスキーを飲むことが多いそうだ。

弟のグラスに啓太は目をやる。飲み慣れているせいか、もう空だ。

小学校四年生のとき、両親が離婚した。今から三十年前のことだ。

母は友人と立ち上げた輸入雑貨の仕事を東京で続け、進学塾の講師をしていた父は故郷に帰ることを選んだ。祖父母と一緒に家の畑を耕しながら、趣味の陶芸で身を立てていけるようになるのを目指すのだという。

両親の仲が冷え切っているのは、子どもながらに薄々わかっていたので、離婚の話を聞いたときは、とうとうこの日が来たのかとませたことを考えた。ところが予想外だったのは、父母が一人ずつ、子どもを連れていきたいと望んだことだ。

その結果、弟の奏太は父と暮らすことになり、山梨県に引っ越していった。小学生の間は夏休みになるたび、東京に遊びに来ていたが、中学校に進学してからは部活が忙しくなったと言って来なくなった。高校卒業後は地元で働き出したので、年賀状のやりとりぐらいしかなかった。

それが六年前に父が、翌年に母が他界したことで、互いに葬儀や法事などの相談で顔を合わせるようになった。最近では奏太が東京に出てくると、こうして二人で飲むようにしている。

グラスに残った酒を飲み干し、啓太は目を閉じる。飲み終えても、豊かな味と香りが口に残っている。チェイサーを含むと、その香りは花のように広がり、芳醇な味の水となってのどをすべり落ちていった。

この店に来る前、新宿駅近くで奏太と天ぷらを食べていたとき、父の法事の話が出た。それがきっかけでこの店では、父が好きだった酒を二人で飲むことにした。

奏太によると、父はグレンリベットというウイスキーをストレートで飲むのが好きで、週末になると囲炉裏端で舐めるように味わっていたそうだ。

そこでストレートで飲むことにしたのだが、最初はグラスから立ちのぼる強い香りに少し戸惑った。ところが飲みすすむにつれ、リンゴや樹木のような香りを感じるようになり、やがてほんのりと身体が温まってきた。

味と香りとぬくもりと――。この三つが織りなす酔い心地は静謐で、他の酒にはない感覚だ。余韻のように広がっていく陶酔感に身をまかせていると、ウイスキーが不思議な飲み物に見えてきた。そしてこの酒を好んだという父が謎めいた男に思えてくる。

トイレから奏太が戻ってきた。驚いた顔で席に座ると、啓太の耳元でささやく。

「兄ちゃん、奥に女神様がいた。ビックリするような美人が」

あの人か、と思いつつ、啓太は小声で答える。

「この店のオーナーらしい」

バー追分のカウンターはL字型になっており、夜更けになると時折、奥のエスプレッソマシンの陰に女性が座っている。常連たちから「ヨウカ」さんと呼ばれる、長い黒髪が艶やかな美女だ。

その隣にさ、とさらに奏太が小声になる。

「ふわふわした髪の、これまた可愛い子が」

「たぶんそれは昼間、ここで働いてる子だよ」

「昼？　ここは昼から開いてるの？」

「七時ぐらいまではカフェというか……バール追分って名前でお茶やら定食やら出してる」

「飯も食えるの？　ほんと、いい所だね」

伊藤純がおつりと領収書を持ってきた。

帰り支度を始めた奏太が、その顔をちらりと見る。

「なあ兄ちゃん。この店、美男美女率が高いな。奥で飲んでるロン毛の男さ」

声大きいぞ、と言いながら、啓太も奥にいる長髪の男に目をやる。小柄な男と話しているのだが、たしかにどことなく色っぽい男だ。

俳優かな、とつぶやいたら、「兄ちゃん、知らないの？」と奏太が驚いた顔をした。

「桜井義秀(さくらいよしひで)だよ。クリエイターの」

「誰、それ？」

「兄ちゃん、ゲームとかやらない人？」

「昔はやったけど、今はやらない」

奏太がバッグからスマホを出した。

「脚本も書くし、役者もするし、ゲームも企画するし……友だちがファンなんだよな。写真を撮らせてもらったら悪いかな」

「プライベートでいるんだから、そっとしておいてやれよ。女神様のお顔が曇るぞ」

「それはやだな」

スマホをバッグに戻すと、奏太がビニール製のナップザックをよこした。

「ところで、こんなところで渡すの気が引けるんだけど、兄ちゃん、これ、おみやげ。家に持って帰って」

「会ったときからずっと気になってたんだけど、その棍棒は何？」

待ち合わせをした新宿アルタの前に、奏太はナップザックとポーチを持って現れたのだが、背中のナップザックからは新聞紙に包まれた棒状のものが四本飛び出していた。妙な荷物だと思ったが、まさかそれがみやげだとは想像もしていなかった。

奏太がナップザックからポリ袋を出した。

「自然薯だよ、昨日、掘ってきた」

掘ってきた？　と聞き返して、啓太は奏太の手元を見る。たしかに新聞紙の合間から土のついた根のようなものが見える。

「自然薯掘りが得意だって去年、言ったじゃん。背負っていくのがいやだったら、袋で持っていけるよ」

奏太がポリ袋を差し出した。

ぎっしりと入っている自然薯を見て、啓太は困惑する。山芋はたしかに好きだが、手がかゆくなると言って、妻は料理するのを嫌っている。なによりも今週は妻が仕事で関西に出張しており、台所に立つ人がいない。

「ありがとう……でも来週までカミさんが家にいないんだ」

「日持ちはするけどね、冷蔵庫に入れてくれれば、あっ！」

自然薯を入れた袋の底が裂け、奏太が声を上げた。

落ちたはずみで、ほかの客の足元に芋は転がっていった。

すみません、とあやまり、あわてて啓太は奏太とともに芋を拾う。よく見ると、芋だけではなく、ついていた土が床にも飛び散っていた。

「田辺さん、ごめん。床に土が少し……」

「お気になさらず。あとで対処いたしますので」

拾った自然薯がどれも太くて長いことに啓太は驚く。日持ちがしたとしても、夫婦二人では一度や二度の食事では食べ切れそうにない。奏太が拾っている芋を見ると、こちらも大きい。

「奏太、ありがたいけど、これはとても、うちでは食べきれないな」

「ご近所に配れば？」

「そういう付き合いはないいんだ」

「会社の人は？　喜ばれると思うよ」

「いや、どうかな……料理が苦手な人もいるし、食べる量もまちまちだし。うちなんてこれ一本、いや半分でもいいぐらいだよ」

　そうか、と奏太が寂しそうに笑った。

「ごめん、俺、張り切っちゃって。そもそも外で渡せばよかったのに」

　奏太がカウンターの客を見渡した。

「すみません、お騒がせしちゃって」

　その言葉に応えるように「立派な自然薯だね」と歯切れのいい男の声がした。

　ごま塩頭の男が振り返り、奏太が持っている芋をほれぼれと眺めている。

「こいつぁ見事だ」

　奏太の顔がぱっと明るくなった。

「うまいっすよ。すごく粘ります」

　そうだろうなあ、とごま塩頭がうなずいた。

「山中で何年も滋養を溜め込んだ自然薯ってのは貴重なもんだし、とびっきりのパワーがつくよ」

　ごま塩頭のこの男とは、よくここで顔を合わせるが、話をするのは初めてだ。

　親しみ深い声につられて、啓太はたずねる。

「よく聞きますけど、そうなんですか？」

「それはもう、素晴らしい……って、横から口をはさんで失礼だけど、新宿にはたびたび来なさるのかい？」

「会社が近いんで、実は昼もよくここに来ています」

「なら、話が早ぇ」

ごま塩頭が店の奥を指差した。

「食い道楽なお昼の担当者があそこに控えてるよ」

エスプレッソマシンの陰から、ふわふわした髪の女が顔を出し、小さく手を振った。

「その自然薯、すこーし彼女に手間賃代わりにわけてやったら、腕をふるって料理してくれるだろうよ。どうだい？　モモちゃん」

おまかせください、とモモと呼ばれる昼の担当者が明るく笑った。

「いつ、いらっしゃいます？　明日？　あさって？　しあさって？　いらっしゃるお日にちとお時間を教えてくださったら、その自然薯、お料理します」

「本当に？　いいんですか？」

モモが奥から歩いてきて、啓太が手にした自然薯を見た。

「素晴らしいお芋。シンプルに麦ご飯にかけましょう。牛タンはお好きですか？」

「好物です」

「仙台風に牛タンを焼いたものも添えましょう。いいスダチがあるんです。とろろご飯と、あぶった牛タンにスダチを絞ったものはいかが？」

いいですね、と答えたら、「いいなあ」と隣で奏太もつぶやいている。

「モモちゃんにまかせりゃ間違いないよ、ご両人」

奏太から自然薯を受け取ったモモが目を輝かせている。

これは間違いなく、絶品のとろろ飯が食べられそうだ。

「なるほど……」

桃子の話に相槌を打ちながら、宇藤輝良は菊池沙里にもらった袋からみかんを出す。

「昨日の夜にそんなことが」

「そうなの。びっくりしちゃった」

長い柄がついたお玉のような形の鍋を手に持ち、桃子が菜箸で具を整えている。丼物を作るときに使うこの鍋は親子鍋という名前がついているそうだ。

「山から掘りたての自然薯ってめったに出会えないし、出会えたところで、高価でなかなか手が出ないし。腕が鳴るなあ」

「……ということはモモちゃん、近々、とろろご飯がバールの定食に出るってこと？」

宇藤の隣の席にいる沙里がお茶を飲みながら言った。

うーん、と桃子が少し考えこんだ。

「お客様に出すほどはないから、まかないかな。でも、もしその日、この時間にまた来られるようだったら、沙里さんもいかが？」

本当？　と沙里が顔をほころばせた。

「でも今日だって、これからまかないをいただくのに、悪いなあ」

「遠慮しないで。私のほうこそ、素敵なみかんをいただいて。……あっ」

桃子の声に、宇藤はみかんをむく手を止める。

顔を上げると、桃子が申し訳なさそうな目をしている。

「宇藤さん、ごめん、あともう少しでできるから」

「いや、そんなつもりじゃ……」

むきおわったみかんを手にして、宇藤はあわてる。たしかに今、みかんを食べ始めたら、料理ができるのが遅いと催促しているようだ。

沙里が軽くあきれた顔をした。

「デザートにすればいいのに、宇藤君」

「ごめん……あまりにおいしそうだったから。半分どう？」

「しょうがない人」

沙里が笑いながら手を出す。最近、いろいろな人にそう言われている気がする。

おいしそうだったから、というのは嘘ではない。しかし正確に言えば、気になって仕方がないことがあり、手持ち無沙汰に、みかんをむいてしまったというのが正しい。

ちらりと隣の沙里を見る。宇藤から受け取ったみかんの筋を、沙里は丁寧に取り除いていた。

先日、書き上げたシナリオを女性の目線で読んでもらえないかと岸田怜に頼んだら、若い人に読んでもらったほうがいいのではないかと言われた。

悩んだあげく、沙里に読んでもらえないかと頼んだところ、二つ返事で引き受けてくれた。ところが原稿を渡してしばらくたつのに、沙里は感想を言ってくれない。早く聞きたいのだが、忙しいところに頼んでしまったのかと思うと催促もしづらい。

それが今日の閉店間際に沙里がふらりとバール追分を訪れた。手には実家から送られてきたというみかんを入れた袋を二つ提げていて、一つは桃子に、といって贈ってくれた。

喜んだ桃子に引き留められ、沙里も一緒にまかないを食べることになったので、料理を待ちながら、作品の感想を聞きたいと思った。ところが沙里と桃子が自然薯の話で盛り上がってしまい、なかなか作品の話を切り出せない。

みかんの筋を取り終えた沙里が、カウンターに手をついて身を乗り出し、桃子の口元に一房差し出した。

「ハイ、モモちゃんも。栄養補給」

両手がふさがっている桃子が、沙里の手から器用に口で実を受け取った。

「わあ、このみかん、とっても甘いね。それに、すごくジューシー」

「よかった。喜んでもらえて」

沙里がうれしそうに、残りの房を口に運ぶ。

早く感想を——そう思いながらも、宇藤もみかんを口にする。

「あっ、本当にうまい。高級みかんって感じがする」

沙里から渡された袋にはパンフレットが一枚入っていた。広げてみると「箱入娘」とある。

「菊池さん、このみかんは箱入娘って名前なの?」

「箱入り娘が箱入娘を持ってきた、なんてね。……いやだな、自虐的なことを言っちゃった」

「別に自虐的だとは思わないけど」

沙里がくすぐったそうに笑った。

「箱入娘っていうのは、うちの実家の町で十二月中旬までの限定で出荷されるみかんなの。とってもおきの畑の、とっておきの甘い実が箱に詰まっているから箱入娘」

「私、みかんが大好きで」

桃子が幸せそうな顔で、親子鍋の中身をどんぶりに移した。

「昔、読んだ小説で……和歌山のみかん園の話なんだけどね、はちみつの蜜に、柑橘類の柑で、みかんのことを蜜の柑って漢字で書かれていたの」

「みつのように甘い柑橘類ってことかな？」

桃子がうなずいた。

「その蜜柑って漢字を見てたら、たまらなく甘くておいしそうに思えて、本を読み終わったときには、みかんがうんと好きになってた。このみかん、まさにその字の蜜柑だね」

甘辛い香りが漂い、目の前に蓋付きの黒いどんぶりと汁椀、蕪の漬け物を載せた盆が出された。

「さて、今日のまかないです。お米は新米。覚えているかな？　この間、沙里さんと少しお話をしていた、森の鍼灸院の頼子先生おすすめのお米」

「冷めてもおいしいって、先生がおっしゃっていたあれ？」

そうです、と桃子がうなずいた。

「つや姫ってお米なんだけど、さっそく新米を取り寄せてみました。秋刀魚を焼いたのとすごく合うけど、今日は甘辛いおかずに合わせたくなって親子丼です」

どんぶりの蓋を開けると、ふっくらとした鶏肉を玉子でとじたものが目に入ってきた。その中央には生卵の黄身だけがころんと載っている。生卵の山吹色と、火が通った玉子の明るい黄色が福々しく、黄金色の親子丼といった風情だ。汁椀の蓋を開けると、味噌汁は赤だしだった。

桃子が黄身を手で指し示した。

「食べている途中で味に変化をつけたくなったら、この黄身を突き崩してください。濃厚な味わいになります。カロリーが若干高めなんだけど」

いいよ、と沙里がうれしそうに箸を手に取る。

「食欲の秋だもん。ああ、いい匂い、いい色」

「田んぼが黄色くなる時期になると、私、むしょうに卵とじのおかずを作りたくなるんです。気のせいかもしれないけど、寒くなると卵も味が濃くなる気がする」

たしかにおでんに入っている玉子は味が濃く感じられる。あれはおでんのつゆがしみるから濃いのだろうか……。

玉子のことを考えながら、宇藤は鶏肉に箸をのばす。一口食べると、鶏の肉汁がじわりとしみ出てきた。米を口に運べば、新米の淡い甘みが醬油風味のつゆと調和して、腹の底から米の飯はうまいと感じた。

今度は玉子ごと鶏肉を口に入れた。鶏の出汁と甘辛いつゆが半熟の玉子のなかで渾然一体となり、思わず笑みが浮かんだ。

箸を置き、付け合わせの蕪の漬け物を食べる。コリコリとした歯触りと、ぬか漬け特有の酸味が、口中にさわやかさを運んでくれる。

続いて赤だしの味噌汁を飲む。具はえのきたけと豆腐だ。赤だしの味噌はあまり馴染みがないのだが、こっくりとした風味が秋らしい。

沙里がおいしそうに味噌汁を飲んでいる。

「うれしいな、東京ではあまり飲めないけど、うちの実家のお味噌汁は赤だしなんだ」

「寒くなるとこれもまた、赤だしの味噌汁を作りたくなるんです。沙里さんはもしかして愛知県のご出身？　味噌カツもお好き？」

大好き、と沙里が答えると、桃子が微笑んだ。

「赤味噌を使ったおいしい味噌だれの作り方を覚えたんです。味噌は身体をあたためるから、もう少し寒くなったら、味噌だれを添えたとんかつ定食を出す予定」

「食べたいな、早く。どうしよう、味噌煮込みうどんも食べたくなってきた」

なつかしそうな目をした沙里を見て、宇藤はふと、我に返る。

食べものに気を取られてしまったが、シナリオの出来が気に掛かる。

「菊池さん、実は僕は、ものすごく気になっていることがあって。食べながらでいいんだけど」

つゆのしみたご飯を匙ですくっていた沙里が顔を向けた。

「……あの、僕の原稿は読んでくれたかな」

うん、と言って、沙里が箸を止めた。

「ごめんね、感想を言うつもりで来たんだけど……。本当はね、メールで書こうと思ったんだけど、私、文才がないから、上手に感想を書けない気がして」

「そんなことを気にしなくても。それで、どうだったかな?」

うん、と沙里がうなずいた。

「面白かった……けど」

「気になるところがある?」

カウンターに置かれたグラスに桃子が水を注いでくれた。

落ち着け、と言われた気がして、宇藤は水を飲む。

「面白かったけど……なんていうのかな」

「遠慮はいらないから言ってよ」

うん、と沙里がため息をついた。

「言いにくいけど、ごめん、私、この主人公の女の子が超、苦手……っていうか嫌い。可愛くて天然で、ドジな女の子って……。会社の後輩にこういう子がいて、その子のドジはいつも私が尻ぬぐいしてるの。腹が立ってしょうがない」

「それ、僕の作品とは関係なくない?」

「関係ないけど、疲れて家に帰ってきて、そんな女子高生がちやほやされてるドラマは見たくない。だって私には無いもん、そんな若さも可愛げも」

作品の感想というより、主人公への八つ当たりだ。暗い気分で宇藤は箸を動かす。

でもね、と沙里が言う。明るい感想を言われる予感に、宇藤は箸を止めた。

「うん、何？　菊池さん」

「男の人が見たら、この脚本、すっごく楽しいと思うよ」

「女性に向けて書いたつもりなんだけど……」

沙里が申し訳なさそうな顔をした。

「ごめん、素人が勝手なことばかり言っちゃって」

「いや……そういう意見が欲しかったんだよ、ありがとう」

「じゃあ、これ、原稿を返すね」

原稿の束を受け取り、宇藤は表紙を見る。タイトルを入れる位置まで、こだわってプリントアウトした原稿だが、こだわるべきは体裁ではなかったのかもしれない。

そんなに感じが悪い主人公だろうか。ページをめくって、読み返してみる。

バール追分のドアが開き、男の声が響いた。

「こんにちは、ちょっと、いいですかぁ。おっ、宇藤さん」

声がしたほうを見ると、先日、きしだ企画で会った、演劇鉄板屋・時雨の晴海空開が立っていた。

空開のあとから背の高い男が入って来た。先日、バール追分のパンケーキまつりのときに、女性たちが噂をしていた謎の男だ。

　沙里が桃子に目配せをしている。

　長髪の男が桃子に軽く頭を下げた。

「すみません、突然で申し訳ないんだけど、志藤……伊藤と名乗っていましたね。彼はいますか」

「今、出かけています」

　伊藤純は三十分前に出勤してきたのだが、具合が悪いといって、近所の店に風邪薬を買いに出ていった。

　そうですか、と男が困った顔で笑った。

「どうも彼にはするり、するりと逃げられる。なあ、空開」

「うなぎみたいな言い方しないでくださいよ。ギシュウさん」

　宇藤さん、と空開が呼びかけた。

「こちら、うちの大将です」

「鉄板焼き屋さんの？」

「そっちもそうなんですけど、演劇屋のほうの大将です」

　演劇屋？　と沙里がつぶやいた。

「もしかして花嵐？　ギシュウ……サクライ、ギシュウ？」

男が沙里に微笑んだ。

「本当はヨシヒデって読むんですけどね。桜井です」

受け取った名刺には「演劇屋花嵐　主宰　桜井義秀」とある。

桜井義秀という名前は知っている。大きな戯曲の賞を受賞している気鋭の劇作家で、エッセイを書いたり、ゲームのプロデュースなども行ったりしている演劇人だ。ただ、もっと年配の人だと思っていた。

ねこみち横丁振興会の名刺を出して挨拶（あいさつ）をすると、桜井がつぶやいた。

「宇藤（ウドウ）、輝良（キラ）さん」

「キラではなく、テルヨシです」

「あっ、ごめん、しかしここの管理人って、もっと年上の人かと思ってた。失礼だけど、年いくつ？」

「僕ですか。二十七です」

「あれ？　俺の四つ下？　ずいぶん若く見えるね」

四つしか違わないのか。

神経質そうだが、端正な桜井の顔を見ながら、宇藤は苛立（いらだ）ちを感じる。目の前の男は華々しい創作活動をしているのに、かたや自分はその活動のスタートラインにすら立っていない。

「ま、何にせよ。うちのメンバーがいろいろお世話になっています」

桜井がカウンターの向こうにいる桃子に顔を向けた。

「ちゃんとお話をするのは初めてですね、最近、結構この店に来てるけど」

「純君のことを調べるためにいらしてたんですか？」

最初はね、と桜井が言った。小さいのに、はっきりと言葉が聞き取れ、心地良く耳に響く声だ。

「次からは純粋にメシを食いにきた。ただ悪いけど、今日はどうしても志藤と話をしたいんです。待たせてもらっていいかな」

桃子が困った顔で、ドアのほうを見た。

「今はちょっと、取り込んでいて」

桃子の様子を見て、宇藤は桜井に声をかける。

「伊藤君は帰ってくるのに時間がかかりそうですから、連絡先を教えてください。戻ってきたら責任を持って、彼に伝えます」

「連絡先なら彼は知っているよ。なのに連絡してこない……これは？」

桜井がカウンターの上に広げたシナリオを見ている。

「彼にどこかから話が来てるの？」

「いえ、そういうのじゃないんです」

あわてて宇藤は自分の原稿を紙袋に入れる。

あらら？　と空開が不思議そうに言った。

「ギシュウさんに言いませんでしたっけ。宇藤さんも書いている人なんですよ」

「どこに？」

鋭い視線を向けられ、「どこにも」と宇藤は口ごもる。

「デビューはまだしていないんです。これはコンクール用の原稿で」

黙々と親子丼を食べていた沙里が、箸を置いた。

「ねえ、宇藤君、その脚本を読んでもらったら？　桜井さんに」

「何言っているんだよ、菊池さん」

だって、と沙里が落ち着いた顔で、食べ終えた盆を桃子に返している。

「桜井義秀って言ったら、今、一番チケットが取れないお芝居書いてる人でしょ。私みたいな素人に感想聞くより、プロに聞いたほうがいいじゃない。待つって言うなら、ここで読んでもらえば？」

桜井がカウンターの席に座ると、宇藤に手を差し出した。

「ちょうだい」

「ちょうだいって……。まだ決定稿じゃないですから」

「いよいよいいじゃない。俺のアドバイスを聞いたら、二次選考ぐらいはらくらく通過するかもよ」

「それなりに枚数がありますし」

「コンクールでしょ。たいした枚数はない、すぐ読める。というか、最初の十枚読めば、だいたいわかる」

怜がそれぐらいの枚数に目を通して、原稿を返してきたことを思い出す。最初の数ページで、怜はこの作品のレベルを見切ったのだろうか。

「俺も読みたいな。いい？　宇藤さん」

明るい声で空開が名刺を差し出した。

「申し遅れましたけど、俺の本業はこっち」

空開の名刺を見ると肩書きには「演劇屋花嵐　制作・脚本部」とあった。

「空開さんも脚本を書かれるんですか？」

いやあ、と空開が照れくさそうに笑った。

「俺の場合は、ああだ、こうだって、ネタ出しに参加するだけ。俺が脚本（ホン）書いたら、誤字脱字だらけで困っちゃうよぉ」

「でも空開は面白いアイディアを出す。俺たち二人がかりだったら最終選考まで残るかもね」

桜井の隣に空開が座ると、眼鏡をかけた。

純が帰ってくるまでの時間稼ぎで言っている——。

わかっているが、当代一流の売れっ子戯曲家と、彼が抱える制作チームに挑戦したくなってきた。沙里には不評だったが、主人公のキャラクターは周到な計算をして練り上げているし、怜に見せたあとも構成の見直しをして、修正をしている。

鞘から刀を抜くような気持ちで、袋から原稿を出す。

「どうぞ」

桜井がくすっと笑った。

「自信ありそうじゃない」

「人の目に触れるために書いているんですから、どうぞ。よろしくお願いします」

桜井が読み始めた。背後の壁にもたれ、ページがめくられる音を宇藤は数える。十枚をめくったところで、音が止まった。顔を上げると、桜井は腕時計を見ている。それからまた続きを読み始めた。

やめなかったところを見ると、見所があるのかもしれない。

読み終えた桜井が、隣にいる空開に原稿を渡した。

今度は空開が読み始めた。ページをめくる手が、桜井より早い。

うーん、と空開がうなった。感心しているようにも、コメントに困るようにも聞こえる響きだ。

「お茶をどうぞ」

桃子が二人の前に日本茶を置いた。

礼を言って、桜井がお茶を飲むと、背中を向けたまま言った。

「猫が可愛いね、宇藤君」

「猫にセリフはないですが」

「登場のタイミングがいい」

ふざけているのか。宇藤は壁にもたれたまま腕を組む。

「それで終わりですか？」

「押してくるね。うーん……俺、この主人公が苦手」

「どこが苦手ですか」

ドアが開き、純が店に入ってきた。桜井と空開を見て、一瞬足を止めたが、すぐに店の奥へと進んだ。

よお、と桜井が声をかけたが、返事をしない。

「志藤、挨拶ぐらいしろ」

「帰ってください」

「ひどい挨拶だ」

従業員の更衣室でもある奥の小上がりの引き戸を開けると、純は中に入っていった。

帰らないよ、と桜井が小上がりに向かって言う。

「俺は今、宇藤君と話をしているんだからな。……主人公のどこが苦手かというとね、宇藤君」

「ご教示お願いします」

桜井が振り返った。もたれていた壁から身を起こし、宇藤は組んでいた腕をほどく。

「可愛くない！」

桜井の声が大きくなった。純に言っているみたいだ。

「この女の子、スカスカの大根みたい。何か失敗したとき、ペロッと舌を出すのって可愛いの？　それからこの台詞。『ごめんね、私、天然で』。さんざん迷惑かけといて、こんなセリフを言われた日には、俺、殴りたくなるけど、ここは可愛いと思わなきゃいけないシーンなんだよね。こういう女の子、好き？」

「いや、そんなに」

「じゃあ書くなよ。自分が好きになれない女の子の話を、どうして人に見せるんだ」

「でも可愛くないですか？」

「だからちっとも可愛くないって」

「世間一般的に見て、可愛い子じゃないですか？　僕が可愛いって思う女の子が、世間一般に可愛いと思われるかどうかはまったくの別問題で」

「そんなに特殊な趣味してるの？」

「してませんけど」

えっ？　と沙里が声を上げた。

「この子、宇藤君が好きなタイプじゃないの？」

違うよ、と沙里に言ったあと、宇藤はつぶやく。

「僕は……特に好きなタイプってないんだ」

マジで？　と桜井が勢いこんで言った。

「顔は？　胸は？　お尻は？　足は？　性格は？」

「ないです、好きになった人が僕のタイプです」

「だから、どういう人よ」

返事に困って、宇藤は黙る。

技術的なことを言うとさ、と桜井がシナリオをめくった。

「最初がもたついてる。始まって十五分、たいして大きな動きがないって、これは致命的。こんな初歩的なこと、シド・フィールドあたりの脚本術の本を読めばいくらでも書いてあるだろうに」

この初心者が、と言われた気がして、宇藤は言い返す。

「あれはハリウッド映画の話でしょう」

「ハリウッドなみにドッカンドッカン売れるモノを二、三本書いてからそういうことは言いなよ。舞台も映像も金がかかるし、人手もかかるんだから。利益が上がらないと、次が制作できなくて困るのよ」

「お金のことなんて」

「君、芸術家志向？　この世界、あまり向いてないんじゃない？　俺、親切心で言ってるんだからね。志藤、うちに帰ってこい！」

　桜井が小上がりに向かって声を張った。

「どさくさにまぎれて何言ってるんですか」

「こんなに親切にアドバイスするのも、志藤のツレだからだよ」

「ツレ？　どういう関係のことを言っているのか知りませんが。僕にアドバイスをしたからって、彼にプレッシャーをかけるのはやめてください」

　あやや、と桜井がふざけた口調になった。

「俺、悪者になってる？　なんで？　こんなに親身なことを言ってるのに。アドバイス料、ちょうだい」

「いやですよ、何言ってるんですか」

　志藤、と桜井が再び声を上げた。今度は少し、なだめるような声だ。

「本当に帰ってきて。頼むよ。おい、返事」

桜井が桃子に顔を向けた。

「出てこないのかな。とりなしてくれない？」

「どうして私が？」

「そう言わずに、志藤に一声、ハイ」

もう……と、桃子がうんざりした口調で言った。

「とっととけーれ」

「とっとと帰れって言ってるの？　それ俺に？　冷たいなあ」

あったり前でしょ、と桃子が鍋を洗い出した。

「何かに向いている、向いてないなんて、人に言われて決めることじゃないし、他人が判断することでもないよ」

「そうか……それはごめん。たしかにそうだ。宇藤君、悪かった」

桜井が振り返ると、丁寧に頭を下げた。その隣で、空開は悠然とお茶を飲んでいる。

桃子が二人の前にグラスに入った水を置いた。

「調子狂うなあ。これを飲んだら帰ってください。そもそも今、営業中じゃありませんから」

桜井が一気に水を飲みほした。

「でも面白くないわけではなかった。いちおう最後まで読めたから。わかった」

桜井が振り返った。

「うちに来い」

「おっしゃっている意味がよくわからないんですが」

「うちの脚本部においで」

小上がりの引き戸が開いて、純が出てきた。数分前までは黒縁の眼鏡をかけて無造作な髪をしていたが、今は眼鏡をはずして髪を整え、白いシャツを着ている。

桜井さん、と胸のボタンを留めながら、純が言う。桜井の声と同じく、彼もまた小声なのにはっきりと耳に届く。

「彼はそういう人じゃないから」

「そういう人ってどういうことだよ」

「だからチームを組む人じゃない」

「珍しいね、志藤」

桜井が声の調子を落とした。火花が散るような目で、純が桜井を見る。

「何も珍しくない。帰ってください」

「俺は客として来てるんだよ。そういう言い方しないでよ。モモちゃん……俺もみんなが呼んでいるみたいに、モモちゃんって呼んでいい？」

いやです、と桃子がきっぱり言った。

「ファンに嫉妬されそう」

桜井が小さく笑った。

「役者はともかく、俺にファンはいませんって。……というか、志藤と一緒に働いている方が嫉妬されるよ」

桃子が洗いものをする手を止めた。

「私にとって純君は純君ですから。他の誰でもありません。お客様もそうだと思います。これ以上、追分のスタッフを困らせるなら、私が言います。もう、ほんとにね、とっとと帰れ！　私は閉店で、純君は開店の支度で、今、忙しいんです」

了解、と桜井が立ち上がった。

「愛しのモモちゃん。お玉を握って怒らないでよ、可愛いね」

カウンターの奥に入っていく純に、桜井が抑えた声で言った。

「志藤、また来る」

「純君、塩まいて！」

いいなあ、と桜井が笑う。

「塩まいてって、リアルに聞いたの初めて。女の子の声で聞くといいもんだね」

ため息まじりに空開が立ち上がった。

「穏便に話をしましょうって言ったのにさ、ギシュウさん」

「穏便に話をしているよ、また来るね、モモちゃん」

二人が出ていくと、「なんなの、あの人」と桃子があきれた顔をした。

「私、そろそろ行くね」

沙里が気まずそうに立ち上がる。

「ごめん、宇藤君。私がよけいなことを言って」

「そんなことない。参考になったよ」

「でも、ごめん」

沙里を見送ろうと、宇藤はドアに向かう。カウンターから出てきた純が、箒(ほうき)を差し出した。

「何？　純君」

支度が遅れてるんで、と純が暗い顔で言う。

「手伝ってください。外を掃いて」

「わかった……」

箒を持ち、沙里とともに宇藤は外に出る。

桜井と空開が肩を並べて、ねこみち横丁を歩いていく。颯爽(さっそう)とした二人の後ろ姿は、舞台の一シーンを見ているようだった。

もともと口数が少なかったが、桜井義秀が現れてから、純はさらに無口になっていった。接客中の態度に変わりはないが、開店前の準備の折には、しばしば手を止めて、ぼんやりしている。

そしてとうとう土曜日の今日、店を休むという連絡が来た。体調を崩したそうだ。

ＢＡＲ追分の昼の営業が終わったあと、宇藤は店の前を箒で掃く。

純が休むので、今日は田辺が早めに来て開店の支度を整えている。桃子も田辺も忙しそうにしていたので、店の前の掃除を買って出た。手伝える仕事はこれぐらいなので、終わったら外で軽く食事をして、今夜は映画を見にいくつもりだ。

掃除が終わったので、樽の上に置かれた黒板を片付けようと、宇藤は手を伸ばす。

店のドアが開き、桃子が出てきた。

「宇藤さん、ありがとう」

桃子が腕で軽く自分の身体を抱いた。

「わ、寒い。冷えてきたね」

「日が落ちたら、ぐんと冷え込んできたよ」

「お店のなかは暖かいから、気が付かなかった」

通りの向こうから、茶虎(ちゃとら)の猫が近づいてきた。和菓子屋『あん子』の店主が中心に世話をしている『キナコ』だ。

　足元にすりよってきたので抱き上げると、キナコが肩に乗った。背中を撫(な)でると、今度はうなじに乗ろうとしてくる。仕方なく首を前に傾けると、桃子が笑った。

「宇藤さんって猫に好かれてるね。デビイもなついているし」

「なついてるのかな？　デビイは僕の膝(ひざ)に乗ると、まだ爪(つめ)をたてるよ」

「それはね『この人は私のものよ』って宣言されてるんだと思う」

　キナコが首にぐるりと巻き付いた。右肩にあるキナコの頭を桃子が撫でると、左肩のあたりで尻尾(しっぽ)がパタパタと揺れる。

「猫マフラー、猫マフ状態だね、宇藤さん」

「首が重い……この子も何か宣言してるのかな」

　そうだなあ、と桃子が軽く首をかしげた。その仕草もおしゃまな猫のようだ。

「たぶん『宇藤しゃん、だいすき』かな。おいで、キナコ」

　桃子がキナコを抱き上げると、うなじにひやりと風が吹き抜けた。

「首が寒い。猫ってあったかいんだね」

「猫マフ、気に入ったの？『あん子』のご隠居さんもよくやってるよ」

　桃子の腕からキナコが降り、ねこみち横丁を歩いていった。

「ところで、宇藤さん。デビイが昨日から帰ってこないの。ミケもそうだって。外で見かけたら連れて帰ってきて」

「わかった。見かけたら保護して連絡するよ」

「あの二匹はよく別宅に旅に出るから、そんなに心配はしてないんだけど……」

黒板消しで字を消し始めた桃子が、くしゃみをした。

「鼻がむずむずしてきた。風邪かな、生姜湯を飲まなきゃ」

「純君は大丈夫なのかな？」

大丈夫じゃないみたい、と桃子が心配そうな顔になった。

「さっき電話で話したら、声がひどくかすれてた。お腹もすいてるんだと思う。とろろご飯ならのどを通りそうっていうから、片付けが終わったら出前に行くつもり」

桃子の片付けが終わるまで、まだ時間がかかる。その間、純が空腹を抱えているのかと思うと、気の毒になってきた。

「僕が行こうか？　純君がよければ。ちょうど出かけるし」

本当？　と桃子の声がはずんだ。

「助かる！　お腹すかせて寝てると、きっと死にそうに悲しくなるだろうから。純君に聞いてみるね」

言ってはみたが、実は純の家も電話番号も知らない。そうした情報を教えていない人間の訪問を純は断る気がした。

ところが桃子が連絡をすると、純は了解し、近くに来たら電話をしてほしいと言って、住所と電話番号を伝えてくれた。

よほど具合が悪いのか、それとも多少は親しみを持ってくれているのか。

両方かもしれない、と思いながら、桃子に託されたカゴを持ち、宇藤は新宿の路地を歩く。

純の住まいがある着倒れ横丁はねこみち横丁の近くにあり、派手なドレスやセクシーなランジェリー、メンズ下着を売る店が多い。ねこみち横丁と同じく入り組んだ路地にあるが、ねこみち横丁振興会の人々の言葉を借りると、こちらは『常連客をガッチリつかんだ』店が多いそうで、いつも賑わっている。

コンビニに立ち寄ったあと、ネオンが華やかな横丁を歩いていくと、路地の奥近くにシャッターを閉めた店があった。カラオケスナックだったというその店の二階が純の住まいだ。

電話をすると、鍵は開いているので、勝手に入ってきてほしいとのことだった。

階段をあがって、宇藤はドアを開ける。

「こんばんは、宇藤です」

暗がりから、猫の鳴き声がした。

「おじゃまします。入るよ、純君」

再び猫が鳴いた。からかわれているみたいだ。

廊下のあかりをつけると、右手側にキッチン、左手側には洗面所の扉があった。キッチンの流し台の横には大きな洗濯機がある。その先に純が寝ている部屋があるのだが、暗いままだ。

「純君、電気をつけていい？」

返事はないが、あかりがついた。

がらんとした部屋の隅にマットレスが置かれ、純が力なく横たわっていた。右肩には黒猫が丸まり、左肩のあたりでは三毛猫が照明のリモコンにじゃれついている。

「デビイとミケ……。純君、猫まみれだね」

「猫まみれって」

かすかだが、怒りを含んだ声がした。

「ごめん、猫だらけって言おうとしたんだ」

窓を引っ掻く音がして、純が薄目を開けた。

「すみません、開けてもらえますか」

「大丈夫？　風が吹き込むよ。今日はすごく冷えてる」

「あの音……」

純がものうげに言い、目を閉じた。

「黒板を爪でキーキー引っ掻く音を思い出して……」

「やめて、僕も思い出した」

聞いたとたんに音に耐えられなくなり、宇藤は窓を開ける。目の前には茶虎の猫がいた。

「あれ？　キナコ」

キナコが部屋に飛び込むと、純の頭にぴったりと身体を寄せた。

「猫が……」

純が薄目を開けた。

「外に出しても出しても、すぐに戻ってきて、窓を引っ掻くんです。連れ帰ってもらえませんか？」

「もちろん……でも、あったかくない？」

「三匹いると、のぼせます。足元に移動してくれると、楽なんですけど」

猫を抱き上げ、宇藤は純の足元に三匹を移動させる。茶虎と黒、三毛猫の三匹が布団からおとなしく顔を出している姿は可愛らしく、猫は猫なりに純を気遣っているようだ。

「純君、ご飯は食べられる？」

「食べます。食べないと快復しないから」

「すぐ支度するよ」

部屋の隅に立てかけてある折りたたみの座卓を広げ、宇藤はカゴの中身をテーブルに出す。

　純が起き上がり、廊下に歩いていった。洗濯機からTシャツを出している。

「着替えがないなら、コインランドリーで乾かしてこようか」

「大丈夫です。乾燥機付きですから」

「便利だね」

　廊下に目をやると、純が服を脱いでいた。軽く前屈(まえかが)みになった身体に、筋肉の筋が浮かびあがっている。滑らかそうな白い肌と筋肉の組み合わせがなまめかしく、なんとなく落ち着かない。

「純君、鍛えてるんだね」

「宇藤さんは剣道をやってたんでしょう？」

「昔ね」

　Vネックの黒いTシャツのうえに同じ色のパーカーを羽織ると、純が部屋に戻ってきた。

「稽古(けいこ)で付いた筋肉にはかなわないですよ。僕のはワークアウトで作った見映え重視の身体だから」

「それだって、きれいに鍛えるのは大変だと思うけど。そうだ、純君、イクラの醤油漬けもあるよ。食べられそう？」

　食べます、と純が答えたので、漆塗りの平鉢に入ったとろろ飯にイクラをたっぷりと載せる。出汁でのばしたとろろの象牙色にイクラの赤が鮮やかだ。

純が座ると、座卓を見回した。

「宇藤さんは?」

「僕はいいよ、これから出かけるから」

「食べきれません」

桃子に渡されたカゴには、しゃもじと小さなお椀が三つ入っていた。

一つの椀には魔法瓶に入っていたテールスープを入れたが、椀はもう二つある。

「それなら……僕もお相伴にあずかろうかな」

イクラを載せたとろろ飯を椀に盛り、宇藤は純に渡す。純が軽く頭を下げて受け取ると、小声で言った。

「桜井さん、今日来てました?」

「来てないよ」

「この間はすみません。僕のせいでいろいろ言われて」

「純君のせいではないし、桜井さんの言葉にも一理あったし」

「でも、むかついてたでしょう」

「少しはね」

とろろ飯を口に入れると、載せたイクラがぷちんとはじけて、海の味を添えた。

おいしいね、とつぶやいたら、伏し目がちに食べている純がうなずいた。

「純君は……」

純の視線がまっすぐに向かってきた。熱で弱っているのに、目の力は強い。

「花嵐の俳優だよね。でも制作・脚本部の空開さんも一緒に来ていたってことは裏方もするの？」

答えようとする自分を封じるように、純が飯を口に運んだ。それから軽く唇をぬぐうと、口をすすぐようにしてテールスープを飲む。

検索したんでしょう、と冷めた声がした。

「どうして聞くんです？　おそらくネットに書かれてる通りですよ」

「検索してないんだ」

「珍しいですね」

たしかに、と宇藤はつぶやく。

「伊藤純って検索して、純君が人に知られてもいいって公開している情報なら見てもいいかと思う。だけど……演劇屋、花嵐、シドウ、って検索して調べるのはなぜかいやだと思った。目の前にいるのなら、聞けばいいじゃないか、なんて。自分でもわからないけど……ただ、桜井義秀ってのは検索した」

「それで？」

純が軽く咳き込んだ。

「圧倒された。評価の高さと、換骨奪胎……歴史を自由自在に読み解く力に。ただ、舞台の映像や動画がまったくなかったから、作品自体はわからないけど」

純がテールスープを飲む。今度はのどを潤すようだ。

「行くんですか、脚本部に」

「あれは冗談でしょう」

「そういう冗談は、あの人は言いません」

「純君こそどうするの。帰ってきてって言われているのに」

「帰るも何も。あそこが家ってわけでもないし」

ごちそうさまです、と純が箸を置いた。あわてて宇藤はコンビニの袋から買ってきたものを並べる。

「純君、食べ終わったら薬と一緒にこれを飲みなよ、栄養剤。それから熱があるなら、こまめに水分を取らないと。スポーツドリンク、いろんな種類を買ってきたから置いておくよ。それからヨーグルト。これは小腹がすいたときに」

「宇藤さんって……」

立ち上がった純が、冷たい目で見下ろした。

「まともな人だね」

「何だろう。ほめられている気がしないんだけど」

「半分嫉んで、半分むかついてる」

座ったままで、宇藤は純を見つめ返す。

「むかつくのはともかく、嫉まれるのはなぜかわからない。なんで？」

純が洗面所に歩いていった。

椀に残った飯を宇藤はかきこむ。

この世界に向いていない——。先日、桜井が言ったのと同じことを、純は別の形で言った気がする。

口のなかでイクラがぷちんと弾け飛ぶ。今度はさびしい味がした。

弟の奏太が掘った自然薯のとろろ飯をバール追分で食べたら、帰りに保存容器に入ったイクラの醤油漬けをもらった。
店主の桃子が昨夜、筋子をほぐして作った醤油漬けだそうだ。今夜あたりから味がなじんで、うまみがさらに増すらしい。
店を出たあと、清水啓太は父の法事に出席するため、新宿駅から山梨の山間部に向かった。

　先週、奏太と会ったときは欠席するつもりだった。ところが三日前、関西出張から帰ってきた妻が、実家の母に誘われ、今週末は千葉のリゾートホテルに行きたいと言い出した。義母はそこで友人とタラソテラピーを受ける予定だったが、急用が入って友人は行けなくなったそうだ。

　一人で行くのは寂しいから、一緒に行ってほしいと母に頼まれたと妻から聞いたとき、坊さんのお経を一人で聞くのは寂しすぎる、と言った奏太の顔が浮かんだ。

　そこで自分は法事に出ようと考え直し、入っていた仕事の予定をずらした。前日から行くので泊めてくれるかと連絡すると、奏太はたいそう喜んだ。最寄り駅に着く時間を教えてくれたら、いつでも迎えにいくという。

　土曜日の昼下がりの電車はすいていた。電車の揺れが心地良くて目を閉じると、眠りが深かったのか、あっという間に弟が住む町の駅に着いた。

　改札を抜けると、軽トラックに乗った奏太が待っていた。

「遠路はるばる、ありがと、兄ちゃん」

「遠路ってほどでもないよ」

「ここからが遠路だけどね」

　車に乗り込むと、助手席の足元に置いたナップザックを奏太が指差した。

「ところで兄ちゃん、そのツノは何？」

「これ？」

ナップザックから飛び出している二つの箱を啓太は軽く叩いた。

「酒だよ、酒。二本持ってきた」

「いいね、今日は飲もう飲もう」

「ほかにも、いいものもらった。あの店に自然薯を食べに行ったら、帰りにイクラの醤油漬けをもらったよ」

あの子ね、と奏太がしみじみと言った。

「モモちゃんだっけ。すっかり名前を覚えたよ」

「自然薯のおかげで俺たちも覚えられてるよ。弟さんによろしく、また来てね、だって」

「また行くよ。芋はどうだった？　うまかったでしょ」

「うまかった」

でしょ！　と奏太が何度もうなずいた。

「食ってよかったでしょ、兄ちゃん」

「よかった。自然薯ってすごく粘るんだな。もっちり、ぷるるんって。付け合わせのあぶり牛タンがまた絶品でさ、特に焼き加減が」

「牛タンかぁ、いいな。どんな焼き具合だった？」

「ミディアムレアっていうの？　すこし赤身を帯びて、嚙んだら肉汁がじわっとあふれて。あれは牛タンの良いところなんだろうな、ほんのり甘くって。そのあと、とろろ飯をかきこむと、こう……」

「こう……何だよ、早く言って、早く」

「肉の後味と、とろろが混ざってこれがうまい。堪能したよ」

「そこまで喜んでもらえたら、芋も冥利につきるっていうか、土から出てきたかいがあるね」

　芋の冥利という言葉に笑うと、車は山道を上がっていった。標高が上がるにつれ、赤や黄色の葉の色が濃くなっていく。

「こっちのほうは、もうこんなに紅葉してるんだ」

「冷えるからね、うちではもう囲炉裏に火が入ってる」

「あったかそうだな」

「囲炉裏そのものは、実はそれほど部屋をあっためてくれないんだよ。でも寒くない工夫はしてあるから安心して」

　しばらく上がったのち、道は今度は下りになり、車は谷底の集落に入っていった。父が弟と住んでいた家はこの集落を越えて、もう一つ先の山の中腹にある。

　遠いな、と思いながら、運転をしている奏太の横顔を啓太は見る。

三十年前、両親が離婚をする際、パパとママのどちらについていくかと父に聞かれた。奏太と二人でママ！　と答えたら、どちらか一緒にパパと行かないかと、と悲しげに父が言った。

するとと奏太が「じゃあ、おーれが行くぅ」と歌うように答えた。

日帰り旅行に行くような気軽さで答えただろうに、それからの暮らしは兄弟でずいぶん違う。

あのとき自分が父のもとへ、弟が母のもとに行っていたら、どんな人生を送っていたのだろうか。

考えたところで答えはないが、母の会社は弟の奏太が継いでいたに違いない。

母が遺した輸入雑貨の買い付けと販売の仕事は順調だ。最近では取り扱っている陶器や雑貨を用いたカフェも開店し、人気を集めている。そのほかにも今後は和のうつわの買い付け、販売へも業務を広げることを検討中だ。

国内のうつわを扱うのなら、奏太にまかせたら目も利くし、人脈もあるかもしれない。そう考えていたので、先週、バー追分を出た帰りに、東京で一緒に働かないかと奏太を誘った。

無理、無理、と奏太が笑ったので、「無理じゃないよ」と答えた。すると今さらネクタイを締める仕事は苦手だと言われた。

社内にいるときは、別にネクタイをしなくてもいい。服装はたとえかもしれないが、もう一度、気持ちを聞いてみたくて「奏太」と啓太は声をかけてみる。

「ほーん？」

「この間のさ……」

言いかけたものの、啓太は言葉を止める。この話はとてもデリケートな案件だから、時間と場所を考慮したほうがいい。

「この間の何だ？　兄ちゃん」

「この間、言ってたな。今は何を作ってるんだっけ」

「カフェオレボウルと皿のセットだよ。ここ数ヶ月、そればっか。あとは陶器のクリスマスツリー」

「どんなの？」

「家にいっぱいあるよ。あとで見て」

さあ、着いた、と弟が古民家の前に車を停めた。

「まずは紅葉見ながら、風呂に入ってよ。疲れただろ。露天とまではいかないけど、窓を開けたら山が見えるんだ」

鮮やかな紅葉を眺めて風呂から出ると、味噌の香りが漂ってきた。居間のふすまを開けると、囲炉裏の自在鉤(じざいかぎ)に鉄鍋がかかっている。

心惹(ひ)かれて啓太は鍋の蓋を開ける。里芋とにんじん、大きなナメコが目に入ってきた。分厚いナメコは天然もので、奏太が山から取ってきたのだという。

木じゃくしで鉄鍋を軽くかきまわすと、奏太が味噌汁を椀によそった。

「まずは豚汁で温まって、ちびちび飲もうよ。ビール、飲む？」

「ビールは飲まない主義って言ってなかったっけ」

缶や瓶をたびたび捨てにいくのが面倒なので、開栓したらすぐに飲み干さねばならないビールやワインは家に置かないのだと奏太は言っていた。ウイスキーは少しずつ飲むので長持ちするし、その日の気分に応じて濃さを調整できるのが好きだという。

まあね、と奏太が笑った。

「でもたまにはビールもいいかなと思って、買ってあるよ。兄ちゃんはウイスキーはめったに飲まないって言ったから」

「俺もたまにはいいかなと思って、みやげにナデューラ？　それ持ってきた」

「まじですか。酒って聞いたから、てっきり父ちゃんのお供えにグレンリベットを持ってきたのかと思った」

「それはもう供えてあるかと思って」

この部屋の隅にある棚に啓太は目をやる。

観音開きの扉がついたその棚は父が作ったもので、上段は位牌、下段は酒や缶詰類を置くスペースだ。奏太によると、貯蔵食品が仏壇の供物も兼ねていると、父は自分のアイデアを得意に思っていたが、ご先祖様を缶詰の番人にするのかと、親戚には不届き者だと叱られたそうだ。

作った本人も今は番人の位置に入り、息子たちを見下ろしている。

不意に涙のようなものがこみあげてきて、啓太はナップザックから酒が入った箱を取り出した。

「グレンリベットってさ、いろいろな種類があるんだな。ネットで買おうとして迷った」

「父ちゃんは十二年ってのが好きなんだよ」

「グレンリベットのナデューラ？　奏太が好きだってやつ。それも二種類あって、どっちが好きかわからないから両方持ってきた」

ナデューラと、ナデューラ　オロロソね、と奏太が呪文のような言葉を言った。

「グレンリベットをバーボン樽で熟成させたのと、シェリー樽で熟成させたのがあるんだ。シェリー樽で熟成させたやつは、ナデューラ　オロロソって名前」

酒が入った紙箱を開けると、灰色の紙で瓶が包まれていた。包装紙には酒の名前と意味、蒸留所の名前が印刷されている。それによるとナデューラとは、ゲール語でナチュラルという意味らしい。

「こういう紙に包まれてるって、大事に作られた酒って感じがするな」

「大事に作られた酒なんだと思うよ。ゲール語って何？　って父ちゃんに聞いたら、ケルト民族の言葉だって言ってた。……それもよくわからんけど、ウイスキーって語源はケルトの人たちの『生命の水』っていう言葉から来たらしい」

「生命の水か。酒が強そうな民族だな」

「絶対強いよ。でも楽しく飲めそうだね」

包装紙をはがすと、酒瓶が現れた。

あれ？　と啓太は声をもらす。同じナデューラなのに、色が明らかに違う。シェリー樽で熟成したほうは濃い茶色、バーボン樽はとろりとした黄金色だ。

「色……ずいぶん違うな」

「かたっぽがアカシアで、かたっぽが桜の蜂蜜（はちみつ）みたいだね」

「それもどっちがどっちか、よくわからないけど」

「濃いほうが桜な」

「もしかして、ちゃんと管理されていないのを買ったかな」

まさか、と奏太が軽く手を振った。

「これが樽の違いだよ。飲み比べたことがなかったから、こんなに色が違うとは思わなかったけど」

「そういうもの？　いい加減だな」

　奏太が恥ずかしそうな顔をした。

「どっちもうまいからいいじゃん」

「シングルモルトを飲む男って、もう少しこだわりがあるのかと思ってたよ」

「ないんだな、それが」

　奏太が今度は首を振った。

「なーんもない。うまいから飲んでるだけ。父ちゃんはいろいろ語ってたけど、悲しいことに右から左に全部抜けてった。まあ、飲もうよ。酒は見るより飲めだよ。どうやって飲む？」

「お父さん流にストレートでやるか」

「んじゃ、チェイサー持ってくるよ」

　玄関の引き戸を開ける音とともに、野太い男の声がした。

「おーい、奏ちゃん、帰ってる？」

　帰ってる、と奏太が答えた。

「ここ置いとくよ、兄ちゃんと食いな」

　部屋を出ていった奏太がすぐに戻ってきた。手には小さなカゴに入ったきのこを持っている。

友だち？　と聞いたら、「きのこ仙人」と返事が戻ってきた。

「仙人ってなんだ？」

「名人のさらに上を行く達人で、松茸山を持ってるんだ」

奏太がきのこを手で裂いて、啓太の鼻先に突きだした。

「松茸か、いい匂いだな」

「串に刺して囲炉裏で炙ろう。すだちはないけど、早生の柚子がある。そいつをきゅーっと搾ってさ」

「いいね、野性的で」

裂いた松茸に金串を通して軽く塩を振り、奏太が囲炉裏端に刺した。

奏ちゃん、と今度は年配の女の声がして、引き戸が開く音がした。

うーい、と奏太が玄関に向かって返事をした。

「お裾分け。置いとくよぉ」

玄関に行った奏太が戻ってくると、竹串で刺した焼き魚を持ってきた。

「おお、それはヤマメ？　イワナ？　アユではないよね」

イワナ、と答えて、奏太が囲炉裏に魚の串を刺した。すでに焼き目がついており、囲炉裏で軽くあぶるだけで食べられそうだ。

「あの人は冷凍したイワナを焼いたの、お店で出してるんだ」

「玄関先に次々と食い物が置かれるって、ごんぎつねみたいだ」

「兄貴が来るって言ったから、みんな気に掛けてくれるんだよ。松茸、焼けたよ。柚子、どうぞ」

二つに割った柚子を小皿に載せ、奏太が差し出した。

金串から松茸をはずして、何もつけずに食べる。直火であぶられたぬくもりに香ばしい匂いがふわりと乗り、その軽やかさに心が躍る。柚子を絞ると、柑橘の香りが一瞬漂ったが、口に運ぶとシャクシャクと軽快な歯触りがして、再び松茸の香りが立ちのぼった。

「こんなふうに松茸を食べるの初めてだ。贅沢だな」

松茸を食べ終えた奏太が、グラスにバーボン樽で熟成した黄金のナデューラを注いだ。

「囲炉裏で炙ると何でもうまいよ、遠赤外線効果ってやつ。火の前で飲む酒も格別。全部、父ちゃんの受け売りだけど」

イワナをかじったあと、啓太はナデューラを口に含む。酒の滴を舌先で転がすように味わうと、バニラのアイスクリームのような香りがした。蜜のような黄金色とその香りは華やかだが、口には剛直な酒の味がある。ラベルを見ると、アルコール度数は63・1％だった。

「強いな、この酒」

軽くしびれた舌をチェイサーで潤す。バー追分で飲んだときと同じく、水は酒の味に変化して、のどをすべり落ちていった。

奏太がナデューラ　オロロソの瓶をつかんだ。

「オロロソのほうがやや弱い……といっても、60・3％だって。こっちも飲もうよ」

キュポッと栓を抜く音がして、コクコクコクと酒が注がれた。グラスをかざして、二人で濃い琥珀色を眺める。飲むと、キャラメルのような香ばしさが口に広がった。

再びチェイサーを飲む。このあとくちがたまらなく好きだ。腹の底から身体が温まってきた。

「シェリー樽の熟成もバーボン樽の熟成も、たしかにどっちもうまいな。それに身体があったまる。とくに腰のあたりが」

「それはね床暖。床暖房のなせるわざ」

「そんなの入ってるの？　ハイテクだな」

「作り方はローテクだよ」

奏太がイワナをかじった。

「基礎工事はプロ……ていっても友だちなんだけど。大事なところはそいつにお願いして、あとは友だちみんなでこつこつ日曜大工。遊び場っていうの？　自然薯掘りやら、渓流釣りやらの拠点になるからって、みんなで楽しく作ってきた」

奏太が室内を見回した。

「この家は古いけど、宝物を磨くみたいに父ちゃんがこつこつ直してきてさ。ようやく全貌（ぜんぼう）が整ってきた感じ。もの作りが好きな人だったから、こっちに来て、ハッピーな人生だったと思うよ」

奏太は？　と聞いたら、「俺もハッピー」と弟は笑った。

「今度は露天風呂を作ろうと計画してるところ。来年あたりに」

「来年か……」

「春になったら、嫁さんが来るからその前にね」

へっ？　と聞き返した声が裏返った。

「ヨメ？」

ヨメ、と奏太が深々とうなずいた。

「先週、プロポーズしたばっか。春になったら一緒に暮らすよ」

「どんな子？」

「この間、展示会を手伝いにいった子だよ。草木染めの作家さんなんだ。俺が焼きもの、彼女が染めものして、そのうち陶芸体験や染織体験したい人を集めて、民宿兼ワークショップなんてやりたいな、とかね。……つうわけで、露天風呂を作る予定」

「おめでとう、よかったな、奏太」

「年末にはあちらの親御さんに挨拶に行くよ。たった一人の肉親で、兄ちゃんにはこれからまたいろいろ世話に……なんで泣いてるんだ？」

なんでもないよ、と言ったが、涙が溢れてくる。

「よかったなあ、よかった……そっか春が来るんだな」

うん、とうなずいた奏太が、軽く目をぬぐった。

「兄ちゃん、飯食う？　空きっ腹に酒はまわるね。待ってて」

囲炉裏の火と床のぬくもりが身体にじんわりと伝わってきた。酔いが心地良く全身にまわり、啓太は黄金色のナデューラを飲む。

奏太が戻ってきて、どんぶりを差し出した。なかにはイクラと鮭のほぐし身が入っていた。

「友だちに自然薯を送ったら鮭が来た。イクラも来たから、海の親子丼だ」

「秋鮭とイクラか」

鮭の桃色と、イクラの赤。どんぶりのなかにも明るい紅葉が広がっている。

母ちゃんはさ、と奏太がどんぶりのなかを見た。

「生前、俺のことを気にして、東京に来いってずっと言ってた。でも俺は父ちゃんとこの家に来て幸せだったよ。この間の兄ちゃんの仕事の話もありがとな。でも、ここで暮らしていくよ」

二つのナデューラを啓太は交互に味わう。

シェリー樽と、バーボン樽。育ちは違うが、どちらもうまい。

「なあ、お父さんの酒を飲もうか」

「いいね、三本そろえて、ちびちびやりますか」

奏太が仏壇の下からグレンリベットの十二年を出してきた。この酒は森の秘薬を思わせる、謎めいた緑色の瓶に入っている。三つ目のグラスにそそぐと、青リンゴのような香りが鼻をくすぐった。

ウイスキーの香りのなか、秋の夜は静かに更けていく。囲炉裏の火に照らされ、よく磨かれた床板に、瓶を透過した三つの光がこぼれていた。

蜜柑の子

追分交番の前から明治通りを大久保方面へ。日清食品の建物が見えたら左へ曲がる。歌舞伎町を北上して、職安通りに出たら左へ。西武新宿線に突き当たったら、再び左。ユニカビジョンを眺めて靖国通りを渡り、アルタビジョンの前を通って新宿通りを追分方面へ。

この二週間、毎日歩いているコースだ。

コートのポケットに手を入れ、宇藤は伊勢丹の前を通過する。

最近、身体が重くなってきたので、BAR追分の周辺を走ることにした。ところが人通りが多過ぎて、一定の速度を保つのが難しい。そこで走るのをあきらめて歩くことにした。時間や曜日によって変わる街の空気を感じながら無心で歩く。十日ほど続けていたら、身体の動きが軽くなってきた。そのうえ良い気分転換になる。最近は歩くのが楽しみになってきた。

追分の道を何度か曲がってねこみち横丁に入ると、左右の街灯に雪の結晶を模した白い飾りが揺れていた。

それを見上げて、宇藤は立ち止まる。

しくじったかな……。

苦い思いがこみあげた。

三週間前、ねこみち横丁振興会から、横丁全体を年末年始の気分で盛り上げる装飾をしてほしいと頼まれた。すべてまかせると言われたので、加盟店には入り口の扉に付ける装飾品を配り、街灯には雪のデコレーションをすることにした。

いちはやく街灯用のデコレーションが到着したので、さっそく昨日飾ってみた。そのときは上品で幻想的だと思ったが、新宿を一周して戻ってくると、白一色の飾りは寂しく見える。

やっぱりセンスがないのだろうか……。

ため息まじりに、宇藤は雪の飾りを見る。

先日、桜井義秀にシナリオを酷評(こくひょう)された。そのときは反発したが、しだいに「この世界、あまり向いていないいんじゃない？」という言葉が気になってきた。

評論家によると、桜井義秀は人物造形と、場面設定に絶妙なセンスを発揮する戯曲家らしい。そんな書き手に「向いていない」と言われたということは、すなわちセンスがないということではないか。

ため息まじりに、宇藤は歩き出した。

今日はこれから振興会会長の遠藤と打ち合わせがある。

バール追分のドアを開けると、あたたかな空気が身体を包み込んだ。リンゴの香りがして、桃子が小皿に取ったスープを味見している。

「いらっしゃい、宇藤さん。どうかしたの？」

「えっ？　何かおかしい？」

「すごく落ち込んでない？」

どうしてわかったのだろうか。不思議に思いながら、通りを指差す。

「雪の飾りがイマイチかなと思って」

そう？　と桃子が首をかしげた。

「きれいだよ。クリスマスリースが届いて、みんながドアに飾ったら、きっと素敵だよ」

「そうかな？　薄ら寒いというか、寂しいというか。暗い場面に出てきそうな装飾だと思って」

「宇藤さん、今日はなんだか悲観的ね。あったかいリンゴジュースでも飲む？　今、できあがったところ。お昼はもう食べた？」

「まだなんだ。三時から会長と打ち合わせがあるから……」

了解、と桃子が菜箸（さいばし）を手にした。

「その前に軽く何かお腹（なか）に入れとこう。宇藤さん、その落ち込みはね、お腹がすいてるんじゃないかと思うの。人間、お腹がすくと、どうでもいいことに落ち込んだり、腹が立ったりするらしいよ」

「そうかな？　自分じゃわからないけど」

「とりあえず食べて身体を温めましょ。外は寒かったでしょ。さて、今日のメニューは……」

桃子がメニューを言おうとしたとき、ドアが開いた。

ねこみち横丁振興会会長の遠藤が立っている。黒いトレンチコートに黒の革手袋。黒ずくめの姿はスパイ映画に出てくる殺し屋のようだが、今日は黒いダウンジャケットを着た幼児の手を引いている。

遠藤が軽く手を挙げた。

「おっ、もう来てたのか。昼飯？」

「そうです……」

桃子が幼児を見て、目を細めた。

「珍しいですね。今日はお連れ様が」

遠藤が子どものジャケットを脱がせている。

「ちょっとワケありでね。モモちゃんに相談があってな。シュウ、座れるか？」

男の子がよじ登るようにして椅子に腰掛けた。その姿を心配そうに桃子が見る。

「お子さん用の椅子を持ってきましょうか」

「いや、大丈夫そうだ……大丈夫だな？」

シュウと呼ばれた幼児が小さくうなずく。遠藤がコートを脱ぐと、昼間だけ置かれているコートスタンドに二人分の上着をかけた。

「ご相談って、どうかなさったんですか？」

桃子がカウンターに水を置く。

「この子は知人のぼうやなんだが、母一人子一人で。その知人が盲腸で入院したんだ。彼女の店の同僚と託児所と連係して今まで世話をしてたんだが、ここ数日、急にものを食わなくなってな」

「どうしたんだろう。歯が痛いとか、おなかが痛いとか」

「そうではないようだ。ストレスかもしれん」

がんばってるんだね、と桃子がシュウを見た。

「おいくつ？」

「来年から小学校っていうから、六歳かな」

「食べもののアレルギーはありますか？」

「それはない」

桃子が、シュークリームやポテトサラダのピンチョスをのせた大皿をシュウの前に置いた。

「ようこそ！　どれが好き？　どれでも好きなものを取って」

シュウがうつむく。「ダメか」と遠藤が残念そうな顔をした。

「でも今、マリナ……シュウのママに面会したら、病室で少し果物を食べたんだ。どうやらママが手術後に絶食しているのを見て、自分も食べられなくなったみたいだ」

「ママ思いなんだね」

そうだな、と遠藤がシュウを見る。

「だけどみかん一個じゃ、身体がもたん。ママも固形物が食べられるようになってきたし。もっと食べたくならないかと思って、ここに連れてきたわけなんだ」

「何か食べたいものある？　なんでも作るよ。ええっと……」

「シュウって言うんだ。柊(ひいらぎ)と書いてシュウ。名字は佐藤(さとう)」

柊(しゅう)君、と桃子が親しげに呼びかけた。

「お肉とお魚はどっちが好き？」

うつむいていた柊がさらに下を向いた。

「口数の少ない子でな。おっと……すまない、電話だ」

遠藤がスマートフォンを見る。

「悪いが、外で話してくる。柊、すぐに戻ってくるからな。モモ姉ちゃんとお話をしててくれ。こちらは宇藤君。このお兄ちゃんもいい人だよ」

電話に出た遠藤が、英語で話しながら外へ出ていった。残された柊に桃子が再びやさしくたずねる。

「柊君、嫌いなものや、苦手なものはある？」

ウメボシ……、とかすかな声がした。

「梅干しが苦手なんだ。酸っぱいもんね。お魚は？　お魚はそんなに嫌いじゃない？」

柊がカウンターに手をつくと、顔を伏せた。

「お魚、きらいかな。今日の定食はアジフライ……お刺身でも食べられる新鮮なアジをさばいてカラッと揚げて、お好みでソースかタルタルソース……大人の味だね。待って」

桃子がその場にかがむ。冷蔵庫のなかを見ているようだ。

よし、と声がして、桃子が立ち上がった。

「柊君、ちょっと待ってね」

桃子がボウルの中身をかきまわすと、フライパンで素早く薄いものを二枚焼き上げた。

ホットケーキのような甘い香りが漂ってきた。

匂いにつられたのか、柊が顔を上げ、桃子の手元を見ている。

桃子が柊に微笑みかけると、今度は中華鍋で炒めものを作りだした。野菜炒めかと思って見ていると、麺が投入され、ソースが注がれた。

ジュウと音がして、ソースの匂いが一気に拡がる。

「祭の匂いがする……」

「宇藤さん、うまいこと言う。たしかにベビーカステラと焼きそばの屋台の匂いがするね」

「ベビーカステラ。なつかしい。さっき焼いていたのはカステラなの？」

「クレープ。ちょっと厚めだからパンケーキと言ってもいいかな」

桃子が中華鍋を火から下ろした。

「さあて、この焼きそばを、甘さ控えめ、まあるいクレープに置きまして。端からヒョイヒョイと丸めます、と」

桃子が薄焼きのパンケーキの端っこに焼きそばをのせると、ソフトクリームのコーンのような形にくるりと丸めた。

「ちょっと熱いかもしれないから、軽くペーパーで包もう。はい、できあがり。どうぞ柊君」

甘い香りと、焼きそばの匂いのなか、花束のような形のパンケーキを桃子が柊に差し出す。

「焼きそばパン、ケーキ。焼きそばクレープとも言うかな」

受け取った柊が、ぱくっとかぶりついた。

やった、と桃子が小さくガッツポーズをとった。

「ソースの香りって偉大！」

「その前のベビーカステラの香りで、僕は心をつかまれたけどね」

ふふっ、と桃子が笑うと、再び焼きそばをクレープで包んだ。

「はい、どうぞ。これは宇藤さんの分」

礼を言って、焼きそばパンケーキを食べる。ソースがしみたキャベツがうまい。素手で焼きそばが食べられるというのも新鮮だ。

「食べながら歩けそうだ」

「余裕、余裕。金魚すくいもできちゃう。来年の『ねこみち感謝祭』で焼きそばの屋台、出しちゃおうか」

「屋台を出したら、その間、バールの営業はどうするの？」

「純君と宇藤さんのイケメン焼きそばで売るのよ。鉄板屋時雨に対抗しよう」

桜井のことを思い出すと、心がまた沈んだ。

「別に……対抗しなくていいよ。そもそも時雨さんは横丁の店じゃないし」

そうだね、と笑うと、桃子がアジフライを揚げだした。

「お次はお魚どうかな？　カリッと揚がった小さなアジフライを手で持って、パクッと食べるのもいいと思うんだよね」

アジフライの様子を見ながら、桃子が再びパンケーキを焼き上げた。フライが揚がると、タルタルソースをたっぷりのせ、パンケーキの端に置く。その上に千切りのキャベツを盛り、再びタルタルソースを落とすと、今度はきっちりと巻いた。

「どうぞ、宇藤さん」

「えっ？　先に僕？」

本当のことを言えば、アジフライは白米と味噌汁で食べたい。しかし手で持って食べる感覚が面白く、宇藤は花束型のパンケーキを受け取る。

ひとくち食べた。柔らかなパンケーキ、カリッとしたフライ、サクッとした新鮮なキャベツの食感が快い。そのうえタルタルソースがアジフライとキャベツ双方に絡んで二倍、三倍にうまい。

いかが？　と桃子がたずねた。

「おいしい。脂が乗ってるのかな、ジューシーなフライで」

「そうなの。旬は春夏なんだけど、今日のアジはいいアジなの」

桃子が目を合わせて、手のひらを上に向け、軽くあおいだ。柊が興味を持つように、煽ってくれと言っているようだ。

「うまい！　フライがカリッ。キャベツがサクッとして」

柊が宇藤の手元に目を向けてきた。

「そこにああ、このタルタルソースが……たまんないよ」

大袈裟に食らいつき、柊と桃子に笑ってみせる。

そうでしょう、と桃子がほがらかに言う。

「マヨネーズだけでも超～おいしいところに、ゆで玉子やいろいろ入ってるんだもん。それはもう最強！　どうぞ、柊君」

柊がアジフライパンケーキに手を伸ばし、おそるおそる囓る。

ぱっと笑顔が浮かんだ。それから勢いよく食べ始めた。

よかった、と桃子が笑う。

「おいしそうに食べてくれるね。ありがと、柊君、宇藤さん。すごくうれしい」

「本当においしいよ。僕はパンケーキがものすごく好きってわけじゃないから、若干抵抗があったけど、魚のフライと合うんだね」

「ホットドッグと同じ法則が働くんだと思う。それとソースの力。タルタルソースも偉大だね」

ドアが開き、遠藤が店に戻ってきた。

「おお、あったかい。今日は冷えるな……おっ、柊が食べてる。良かった」

「焼きそばとアジフライをパンケーキにくるんで食べてます」

「読みが当たったな。モモちゃんのメシは食うような気がしたんだよ」

「よかったです、気に入ってもらえて」

食べ終えた柊が口のはしについたタルタルソースを指でぬぐって舐めた。それから満足気に「ふう」と息を吐いた。

安心したよ、と遠藤が柊の隣に座る。

「入院中に息子がげっそり痩せちゃ、ママが泣くよ。さて腹ごしらえもできたし。ぼちぼち行くか、柊」

「どちらへ行かれるんですか？」

託児所だ、と遠藤が腕時計を見た。

「今日はずいぶんあちこちを引き回してしまった。すまないが、十五分で帰ってくるから、事務所で待っていてくれるか」

「全然構いませんが、柊君が……」

柊がまたカウンターに身体を伏せた。

「どうした、柊？　まだここにいたいのか？」

柊がうなずいている。

「おじさんはこれから宇藤君と仕事があってな。それに君、そろそろ疲れただろ？」

カウンターから身を起こすと、柊はうつむいた。

「聞き分けがよくて助かるが、弱ったな……そんなにがっかりしないでくれよ」

ねえ、会長さん、と桃子が奥の小上がりを見た。

「ここで打ち合わせをなさったら？　そうしたら私、今すぐ小上がりを片付けて、柊君がのんびりできるようにする」

店のドアが開き、女性客が六人入って来た。稽古事の帰りのようで、楽しそうに話をしている。

遠藤が二階を見上げた。

「モモちゃん、やはり事務所に行くよ。……申し訳ないが、打ち合わせに柊を同伴してもいいか？」

もちろん、と宇藤が答えると、遠藤が軽々と柊を抱き上げた。

「それなら三人で上に行こう。どうだ、柊？　特別におじさんたちの秘密基地に招待するよ、来るか？」

柊がうなずく。

「じゃあ、またね、柊君。あとで差し入れを持っていくよ」

桃子がほがらかに声をかけたが、柊は答えなかった。

振興会から出す年賀状や、年明けの餅つき大会などの打ち合わせは順調に進んだ。一区切りがついたので、宇藤はお茶を淹れようと立ち上がる。

事務所のドアがノックされた。

「モモちゃんかな」

遠藤がつぶやく。遠藤の隣に座った柊がドアを見た。

「いいタイミングだ。小腹が空いてきたところだ」

「おいしいコーヒーが飲めるのはうれしいですね」

ドアを開けると、きしだ企画の岸田怜が立っていた。

「ごめんなさいね、宇藤君、何の連絡もせずに」

怜が艶やかに微笑んだ。

「バール追分に顔を出したら、上の事務所に会長とあなたがいるって聞いたから」

やあ、怜ちゃん、と部屋の奥から遠藤が声をかけた。

「今日はどうした？」

「宇藤君に相談事。それに会長さんのお顔を見たかったの」

「うれしいこと言ってくれるじゃないか。振興会の打ち合わせは今、終わったよ。立ち話もなんだ。よかったら」

どうぞ、と遠藤の言葉を引き継ぐと、怜が頭を下げて、入って来た。

「ではお邪魔するわね。あら？　可愛いお客様が」

「知り合いのぼうやだ」

「じゃあ、もう少し買ってくればよかった。宇藤君にこれ、差し入れ」

怜が小さな袋を差し出した。

「ありがとうございます。開けてもいいですか？」

「軽いおやつよ。クリームパンとカリーパン。中村屋の」

「中村屋ってクリームパンもあるんですか」

「クリームパンの発祥は、実は中村屋さんなのよ。パンの包み紙にも書いてあるけど、創業者ご夫妻がシュークリームを参考にお作りになったって話」

黒いコートを脱ぐと、怜が宇藤の隣に座る。

カリーパンか、と遠藤がしみじみと言った。

「年を取ると、揚げ物系のパンを食べる気力が萎えてくるんだが、あそこのカリーパンだけは今も食べられるんだよな」

「男の人ってカレーパンが好きよね。私はどちらかというとクリームパンのほうが好き。このパン、ふわとろクリームパンって名前なの」

「ふわとろ？　クリームがふわっ、とろっとしているってことですか？」

「そうよ。食べてのお楽しみね」

「ありがとうございます、あとでいただきます」

くすっと怜が笑った。

「会長の隣に、今すぐ食べたいってお顔の紳士がいるけど」

たしかに柊がパンの袋をじっと見ている。

食べる？　と聞くと、うなずいた。

「じゃあ、クリームパンを」

丸いパンを半分に割り、柊に渡す。

パンを食べた柊が微笑み、なかのクリームを嬉しそうに見た。

「気に入ってくれたのね。もっと買ってくればよかった」

「こんなに食べるとは。もっと早く追分に連れてくればよかったな」

「どうかしたの？」

いろいろあってさ、と遠藤がソファの背にもたれた。

「彼はずっと食欲がなかったんだ。うまいか？　柊？」

柊がうなずいた。

「おとなしいお子さんね」

「男だからさ」

「女の子だって無口な子はいるわ」

それはそうだ、と遠藤が笑った。

「男も女も口が軽いより、ちょっと無口なほうがミステリアスでいい」

「困ってしまうわ、そう言われると」

ねえ？　と怜に同意を求められたが、宇藤は曖昧(あいまい)に微笑む。

「無口な取材相手に当たったときの泣きたくなるような思いときたら。ところで宇藤君にご指名で仕事が来たの。引き受けてくれない？」

「どちらからですか？」

「演劇鉄板屋・時雨……というより、劇作家の桜井義秀さん、たってのご希望。知り合い？」

「この間、少し話しました。バール追分にときどき来ているんです」

それでなのね、と怜が足を組む。ふわりと薔薇の香りがした。

「鉄板屋時雨の特集を組むから、ダメモト承知で桜井さんにも話を聞きたいと言ったのよ。そうしたらねこみち便りのエッセイストがインタビュアーをするなら出てもいいですって。だけど店の話だけではNGで、劇団の新作と、来年から始まる企画の宣伝もきっちりしてもらいたい……したたかね、演劇屋花嵐」

「来年から始まる企画って何ですか？」

「舞台、テレビ、マンガ、最後に映画。四つのメディアを連動させて、平家物語を多角的に描くって話」

「ずいぶんデカイ話だな。……話の腰を折って悪いが、カリーパンを半分くれないか？柊が横でうまそうにパン食ってるのを見てたら、俺も食べたくなってきた」

「どうぞ」

カリーパンを半分に割り、宇藤は遠藤に渡す。

「岸田さんもいかがですか？　おもたせで恐縮ですが」

「私はいいわ。宇藤さんがどうぞ。食べながら聞いて」

遠藤に渡した残りのパンを口にする。揚げてあるのにさらりと軽やかだ。なかのカレーはほどよくスパイスがきき、肉のほかにもいろいろな野菜が具に入っている。パンに入っているおかげで、うまいカレーを手に持って食べられるのも嬉しい。

怜が手帖を出すと、桜井が出してきた取材の希望日を挙げた。

「宇藤君のご都合は？　この話、受けてくれる？」

「待ってください。店の話だけならともかく劇団の話は……そもそも僕は花嵐の舞台を見たことがないんです」

「そこは私がフォローする。大丈夫、ほとんど見てるから」

「ほとんど？　芝居がお好きなんですか？」

「話題になっているもの、気になるものは一通り見てるから大丈夫。この話、早急に検討してくれる？」

わかりました、と言い、最後の一切れを口にすると、視線を感じた。柊が切なそうにカリーパンを包んでいた紙を見ている。

「もしかして……柊君も食べたかった？　カレー味も」

柊が横を向いた。

「ごめん、聞けばよかった。そうだ……みかんを食べる？　待ってて」

自分の部屋に入り、みかんを盛ったカゴを手にすると、宇藤はソファのテーブルに運ぶ。それからキッチンに行き、ペットボトルのお茶をグラスに注いで運ぶと、柊がみかんを剝いていた。

遠藤が腕を組み、不思議そうに柊を見た。

「昨日、一昨日と食わなかった分を一気に回収しているという感があるな。俺は居合わせなかったんだが、一体何が悪かったんだろう？」

「ここにいると安心するんじゃない？　お二方の人徳よ」

「うれしいことを言ってくれるな。でも今日は何も出ないぞ」

隣を見ると、何も言わずに怜が微笑んでいる。心なしか色っぽい。

「あの、何か出るときがあるんですか？　参考までに」

「野暮なことを聞くな。みかんを食え」

「僕のみかんですよ。岸田さんもどうぞ」

「怜でいいわ」

三人でみかんの皮を剝く。清らかで瑞々しい香りが立ちのぼった。

「おいしいわね、このみかん」

「みかんを漢字で書くと蜂蜜の蜜に柑橘類の柑で、蜜の柑って書くと佐々木さんが言ってました。最近のみかんは甘いから、本当にそんな感じがしますね」

「蜜の柑子か」

「小説を思い出すわ」

怜がみかんの房を口に運んだ。

「佐々木さんもそんなことを言ってました。蜜柑農家の話だって」

「それは何だろう？　今、ぱっと浮かんだ作品はそのものずばり、芥川龍之介の『蜜柑』ね」

「どういう話ですか？」

「例のコレはしないのか」

遠藤がスマホを操作する仕草をした。

「しますよ……芥川龍之介の蜜柑……ありました。あらすじ……人生に少し疲れた主人公が汽車に乗っていると、小汚い女の子が現れ、しきりと重たい汽車の窓を開けたがり、ようやく開いたと思ったら汽車がトンネルに入って主人公はすすだらけ」

「どこのブログか知らんが、ずいぶん乱暴に名作をまとめたもんだな」

「続きを聞かせて」

「では続けます。なんだ、この子は、と思ったら汽車がトンネルから出て、踏切に小さな男の子が数人、女の子に向かって手を振っている。すると女の子の手から鮮やかな色の蜜柑が放たれ、子どもたちの上に降り注いだ……どうやら弟たちが奉公に行く姉を踏切で見送っていた模様。姉は汽車の窓から、弟たちに蜜柑を贈ったのだ。主人公は束の間、人生の疲れを忘れたのだった……いい話ですね」

「おいおい、感心するのはきちんと小説読んでからにしろ」

「あらすじからでも素晴らしさがわかります」

「困った人」

怜が足を組み替え、軽く目を閉じた。

「たしか、作品ではこんなふうに書かれていたと思う。暖な日の色に染まっている蜜柑が空から降って来た、と」

「そこもいいが、俺はもう一つ手前が好きだな。その小汚い娘がトンネルのなかで窓から顔を出して、闇を吹く風に髪をなびかせ、じっと汽車の進む先を見つめているんだ。汚いなりで奉公に出るぐらいだから、きっと恵まれない育ちだ。だけど臆さず、闇のなかで出口の光を見つめているってところがね。で、その光のなかにぱーっと汽車が出ると、すぐに踏切さ。少女は光の粒のような蜜柑を弟たちに贈る。本当にうつくしいよ」

くわしいですね、と言うと、「竜之介つながりでな」と遠藤が笑った。

「もっとも俺はタツノスケだが」

「感心してちゃだめよ、宇藤君。有名な作品なんだから読んでおかなきゃ。文筆業のたしなみよ」

「そうですか、やばい……たしなみって、何から読んだらいいんでしょう。僕はドラマオタクで。昔の刑事ドラマのことなら何でも話せるんですけど……あ、でも日本のドラマだけだな」

「映像が好きなら、海外のドラマの話題作もさらっと見たほうがいいかもね。取材相手がその手の話をしたとき、こちらも知っていたら、思わぬエピソードが聞けるかもしれない。自分の引き出しは常に増やしておかなければ」

さて、と怜が立ち上がった。

「そろそろ行くわ」

「俺も行くか。柊も出かけよう。あと二日のおつとめだ。そうしたら元気になったママが帰ってくるよ」

携帯型ゲーム機で遊んでいた柊が、遠藤を見上げた。

「まいったな……そんなに悲しそうな顔をするなよ」

ソファから降りた柊が、部屋の奥へ走っていく。遠藤が引き留めた。

「待て待て、そっちは宇藤君の部屋だ。このドアは勝手に開けてはいけないよ」

事務所の扉がノックされ、「宇藤さーん」と桃子の声がした。

「どうぞ。佐々木さん、開いてる」

おやつ持ってきた、と桃子が入ってきた。

「柊君、ジンジャークッキー食べない？　クリスマス仕様のクッキーが焼けたよ。ココアでどう？」

「おやつも到着したら、いよいよ帰りがたいわね」

「えっ？　もう帰っちゃうの？　怜さんも？」

柊がその場に座り込む。まいったな、と遠藤が頭をかく。

「かくなるうえは、とことん俺が世話をしてやりたいが、明日からまた仕入れ旅なんだ」

会長さん、と桃子がテーブルにクッキーの皿を置く。

「あと何日で柊君のママは退院なの？」

「二日だ」

「なあんだ、それだけ？　じゃあうちに来る？　猫が苦手でなければ」

「モモちゃんちは今、芋だのリンゴだの豆だの、年末の食材でごった返しているだろう」

桃子が「たしかに」と苦笑した。

「ダンボールはドカドカ積んである」

「危ないことはしないと思うが、ちょっと心配だ」

みんなの視線が集まってくるのを感じた。

「もしかして……」

宇藤は小さく息を吐く。

「僕の出番？」

「うーん、君の出番かな」

「僕の仕事はこれもコミコミ？」

「それもコミコミ……と言いたいが、今回ばかりは。人の身柄を預かるというのは責任重大だ。ましてや小さな子どもを二日というのは、子育てに慣れた人でもなかなか大変だろう。プロにまかせよう」

行こう、と遠藤が柊に声をかけた。

「ほら、みかんをもらって」

遠藤に抱き上げられた柊に、宇藤はみかんを渡す。柊が遠藤の肩に顔を埋めた。

小さな手がぎゅっと実を握りしめている。その手を見たら、たまらなくなった。

「二日、でしたっけ」

「明後日の昼過ぎに退院したあと、母親が託児所に迎えにいく手はずになってるんだ」

あの、と口に出したら、気持ちが決まった。

「そんなにここが気に入ったなら、僕が二日間預かりましょうか」

「大丈夫なの？　宇藤君」

「そう言われると、不安になってきました……」

私も協力します、と桃子が遠藤に言った。

「あんなにおいしそうにご飯を食べてくれると、親戚の子みたいに思えてきて。宇藤さんが忙しいときは、お店にいたらいいと思う……どうですか、会長さん」

日頃は即断即決する遠藤がためらっている。

桃子が柊の肩をトントンと叩く。遠藤の肩に顔を埋めていた柊が顔を上げた。

「ママのお迎え、ここで待とうか？　柊君」

柊がかすかにうなずいた。

「よーし、じゃあショウガクッキーを食べよう。マシュマロ入りのココアを淹れるよ。糖分取り過ぎ？」

「つらいときには甘いものよ、私は失礼するわね」

「またな、怜」

遠藤が柊を床に下ろすと「悪いな」と頭を下げた。

「それなら彼のことをお願いしてもいいか？」

「承知しました」

「管理人の仕事の範囲外だから、きちんと礼をするよ。それからこれ」

遠藤が自転車の鍵を差し出した。

「裏にチャイルドシート付きの自転車がある。自由に使ってくれ」

「チャイルドシート付きの自転車？」

「いわゆるママチャリだな。母親のマリナが使っているものだが」

「会長、それに柊君を乗せて、ここまで走ってきたんですか？」

もちろん、と遠藤が力強く答える。

「託児所にもママチャリで行く予定で？」

「機動性に優れた良い車両だ」

非情な殺し屋のような風情の遠藤が、小さな子どもを乗せて自転車を漕いでいる姿を思うと、笑いがこみあげてきた。

「笑っていないで、非常時の連絡先を教えるぞ、ちゃんと書いておいてくれよ」

真面目な顔で遠藤が言う。その隣で柊と手をつないだ桃子が微笑んでいた。


遠藤が運んできた柊の宿泊用のバッグには、洗面用具と着替えがコンパクトにまとめられていた。母親の佐藤真里菜が入院して、すでに一週間が経過しており、その間、知人の家と託児所で過ごしていたので、必要なものはひととおり揃っているそうだ。

バール追分で夕食を取ったあと、宇藤は柊と『地下の湯』に出かけた。

大きな共同浴場を面白がるかと思ったが、柊は地下へ降りる階段が怖かったようだ。階段の中腹で立ち止まり、そこから一歩も動こうとしない。仕方なく風呂(ふろ)には入らずに二人で部屋に戻った。

BAR追分の二階のバスルームには浴槽がない。シャワーを使って柊の髪と身体を洗い、パジャマに着替えさせた。あとは柊をベッドに寝かせれば、とりあえず今日は終わる。

今夜は寝袋で寝ようと考えながら、宇藤は柊のバッグを開ける。歯ブラシを出そうと、洗面用具に手を伸ばすと、バッグの底にキラキラ輝く丸いものがある。

不思議に思って出すと、六センチほどの黄色いボールだった。なかには金色のラメが入っている。壁に打ってみると、軽やかにはずんだ。

「スーパーボール？　へえ、なつかしい」

幼い頃、祭の屋台でもっと小さなサイズのスーパーボールを、モナカの網ですくったことがある。今も子どもたちはこうしたボールで遊んでいるのかと思ったら、あたたかな気持ちになった。

柊を見ると、コーラを飲みながら、ソファでゲームをしている。

柊君、と声をかけ、宇藤はボールをワンバウンドで投げる。

片手でボールをキャッチすると、柊がワンバウンドで投げ返してきた。再び、宇藤はボールを投げる。

ゲーム機をソファに置き、柊がまたボールを投げ返す。今度はソファから立ち上がらないと取れない場所を狙って投げると、柊が機敏にボールを追ってキャッチし、また返した。ボールがうんと高くはずむように、宇藤は力をこめる。柊が飛び上がってキャッチした。

「ナイスキャッチ！　場所をひろげようか」

柊がうなずく。

ソファとテーブルを押して部屋の隅に寄せた。

場所が広くなったので、今度は壁にもボールをぶつけてみる。思わぬ角度にはねかえるボールに、二人で飛んだり走ったりしているうちに、ペットボトルにボールが当たった。

倒れたペットボトルから、泡を立ててコーラが床に流れ始めた。

「うわ、こぼれてる、雑巾、雑巾」

柊が電話の横にあるティッシュペーパーの箱を持ってきた。

「柊君、ナイス。ちょっとそれで押さえてて。僕は拭くものを取ってくる」

ノックの音がして、「こんばんは」と桃子が顔をのぞかせた。

「にぎやかだね」

「下に響いてたかな」

あわてて宇藤は腕時計を見る。九時三十五分。日曜日は夜のバーが休みなので、バールは九時まで開いている。

「大丈夫。それにもう閉店したし。私があがってきたのは、柊君がホットミルクを飲むかなと思って。アーモンドの香りがする杏仁ホットミルク……ジュースをこぼしたの？」

　床を拭きながら、宇藤は照れ笑いをする。

「スーパーボールで遊んでたら、ペットボトルにぶつかったんだ」

「ペットボトルでよかったね。私の友だちは昔、それで蛍光灯を割ってた」

「それは困るな。家のなかでボール遊びをするなって昔、よく母に叱られたのを思い出したよ」

「でも楽しいよね、ボール遊び。柊君、あとは私がやるよ」

　桃子が濡れたティッシュを片付け、空いたペットボトルをキッチンへ持っていった。

「ねえねえ、宇藤さん、柊君」

　いたずらっぽい声がして、桃子が空のペットボトルを六本持ってきた。ゴミの日に捨てようと、水洗いをしておいたものだ。

「投げたら危ないけど、転がすのはいいんじゃない？　ボウリングしようよ。ちょっと幼稚？」

「ボウリング？」

「ここにこうして。三角形にペットボトルを並べて」

　ボウリングのピンのように桃子が壁際にペットボトルを並べた。ボールを拾うと、向かいの壁に走っていく。

アンダースローのような仕草で桃子がボールを転がした。ボールはペットボトルのピンにまっすぐ進み、当たると同時にすべてが横に倒れた。

ストライク、と桃子が笑う。

「佐々木さん、うまいね」

「実はボウリング、得意なの」

「僕は一度もやったことがないんだ」

「本当？　今度、みんなでやる？　笹塚にハンバーガーがおいしいボウリング場があるよ」

ハンバーガーがおいしいというところが桃子らしい。そう思いながら、宇藤は倒れたペットボトルを元に戻す。

「とりあえずは追分でボウリングだね。柊君、どうぞ」

柊がボールを手にすると転がした。しかしスーパーボールが小さいせいか、うまく倒れない。すると桃子が新聞紙を丸めてガムテープで固定し、手早くボールをこしらえた。

そのボールで再び柊が挑戦する。今度はうまくピンに当たったが、一本だけ倒れなかったのを見て、悔しそうな顔をしている。

それぞれ五回ずつボールを投げ、誰が一番多くのピンを倒したかを競う遊びを七セットしたあと、桃子がホットミルクを作りに一階へ降りていった。

柊があくびをしていたので、ベッドで休んでいるように言い、宇藤は家具を元の場所に戻す。

片付いたので部屋をのぞくと、楽しそうな顔で柊は身体を丸めて眠っていた。


バール追分は月曜日が休みなので、今日は桃子が二階の事務所に来て、朝食を調えてくれた。柊が昨日の夕食を少し残していたので心配だったが、今朝はご飯も味噌汁も残さずに食べていた。

不燃ゴミの集積所の掃除をしたあと、宇藤は柊を母、真里菜の面会に連れていくことにした。自転車のうしろに柊を乗せ、大久保にある病院へ向かう。お見舞いを持っていこうと考え、ママは何が好きかと柊に聞くと、「メロンパン」という返事が戻ってきた。

どこのメロンパンが好きかと聞くと、首をかしげている。そこで明治通り沿いにある小さなパン屋でメロンパンを三個買った。

店名にも「ちいさなパン」と入っているこの店は、子どもの手のひらにのるほどの小型のパンを何種類も作っている。形も可愛らしく、メロンパンは頭と手足、尻尾(しっぽ)がついたカメの形だ。

病院に着くと、慣れた様子で柊は建物に入っていく。病室は四人の相部屋で、真里菜はリクライニングベッドの角度を上げ、本を読んでいた。

真里菜に挨拶（あいさつ）をして、宇藤はパンの袋を渡す。

袋を開けると、真里菜が手のひらにパンをのせて喜んだ。

「かわいい、カメのメロンパン。カメロンパンだ」

「よかったです……気に入ってもらえて」

戸惑いながら、宇藤は答える。

母親という言葉のイメージから、勝手に年上だと思っていた。しかし目の前の真里菜は化粧をしていないせいか、あどけない顔をしている。話し方も少女めいており、柊と並ぶと、年の離れた姉弟に見えなくもない。

「ありがと、管理人さん」

「宇藤といいます」

「宇藤さん、ありがと。あとでナースに聞いてから食べるね」

すみません、と宇藤はあわてる。

「うっかりしていました。食事制限があったんですね」

「もう大丈夫だと思うんだけど。でも、いいの。柊も好きだから」

食べなよ、と真里菜が柊にメロンパンを渡す。柊が食べ始めた。

「ごめんね。いろいろおさわがせして。柊は昨日、ちゃんとご飯、食べられた？」

「大丈夫です。今日は朝ご飯も全部食べましたよ」

「よかったぁ。どうしようかと思った」

「食事はバール追分の佐々木さんが作りますから、安心してください。では、僕は廊下で待っていますので、二人でごゆっくり」

　いてよ、と真里菜が服の袖を掴（つか）んだ。

「柊と一緒にカメのメロンパン、食べてって。どうぞ座って」

　断り辛（づら）く、パンを受け取り、宇藤は柊の隣に座る。

　かわいい、と真里菜がスマホを手にした。

「写真、撮ろうかな。二人で並んでカメロンパンを食べてるとこ」

「それより、僕が撮りましょうか。お二人の写真を」

　それはいい、と真里菜がスマホをベッドの脇に置いた。

「スッピンだし。ところで会長さんは、いつ帰るの？　この間聞いたときは、商談先の出方しだいって言って、日にちは教えてもらえなかったけど」

「僕らもそれは知らなくて。どうかしましたか？」

　真里菜が顔をくもらせた。

「会長さんには迷惑をかけちゃったから……。あたしたち、来週の火曜日に東京を引き払うのね。だからもし帰国してたらお礼を言いにいきたくて」

「引き払うというのは、お引っ越しか何か？」

「実家に帰るの。柊と一緒に」

「遠いんですか？」

「遠いっちゃ遠い。新潟。日本海のほう」

「退院して、すぐにお引っ越しは大変ですね」

　大丈夫、と真里菜が軽く言う。

「荷物そんなにないし。急ぐ引っ越しでもないから。ただ……柊には可哀想なことしちゃったな。本当は今週、あちこち遊びに連れていってやろうと思ってたのに……柊、こぼしてるよ」

　真里菜が柊の膝にこぼれたパン屑を拾うと、口にした。

「あっ、おいしい、このメロンパン。あたし、メロンパンにはうるさいの。クッキー生地がカリッカリのが好き。軽く焦げてるぐらいの」

「カリカリもいいですけど、どちらかというと、僕はメロンの模様がついていない、しっとりタイプが好きです」

「それもいいよね。東京って、いろいろなお店のメロンパンがあるじゃない？　一度、柊とメロンパン、ベストテンってのを作ろうとしたの」

「一位はどこのパンでしたか？」

それが、と真里菜が笑う。母というより、女の子みたいだ。

「決められなかったんだよね。どこもおいしくて」

ね？　と真里菜が柊に微笑みかけた。

「そうだよね？　柊、お返事は？」

柊がうなずいた。

「柊、ちゃんと声を出していこう、返事は？」

うん、と柊が力なく言う。

「うん、じゃなくて、はいでしょ」

柊が食べるのをやめ、うつむいた。この場をとりなそうと、宇藤は明るめの声を出す。

「僕もメロンパンは好きですよ。ごほうびメロンパンって呼んでるパンが。それ、しっとり系だよ。

「お気に入りがあるの。柊君も好きなんですね」

「ごほうびメロンパンって可愛い名前ですね。どこのお店のですか」

宇藤さんも好きかもね」

「柊、どこのお店？」

柊が顔を上げて何かを言おうとしたが、すぐにうつむいた。

「宇藤さんに、柊が一番好きなメロンパンを教えてあげなよ」

「うれしいな、教えてくれる？」

「ほら、柊の一番は？」

柊が顔を上げて宇藤を見たが、また下を向いた。

真里菜が小さなため息をついた。

「ちゃんとお話をしようよ。小学校に入ったら、そんなの許されないからね。ちゃんと声を出していこう」

いつになったら話すの、と真里菜がつぶやいた。

「うちの子、おとなしいっていうか。ものを言わないっていうか」

「でも、そんなに困るほどでも……」

「それは、こちらから聞いていってるから。聞けば答えるけど、自分からはものを言わない」

看護師が入ってきて、真里菜に声をかけた。これから検査があるという。

「では、僕たちそろそろお暇しましょうか。また明日、柊君を連れて来ます」

「ごめんね、管理人さん。いろいろよろしく。じゃあ、また明日ね、柊」

真里菜がベッドの角度をゆっくりと倒して、目を閉じた。心配そうな顔で柊が見つめている。

行こうか、と宇藤は柊に手を伸ばした。その手を取らず、柊は黙って歩いていった。

大久保の病院から、新宿方面に向かって宇藤は自転車を走らせる。靖国通りに出たとき、昨日話題に出た芥川龍之介の本を買いたくなった。

柊君、とうしろに向かって宇藤は声をかける。

「散歩がてら本屋さんに寄ってもいいかな。よかったら、僕の背中を一回叩いて。いやだったら、二回」

一回だけ叩かれたので、靖国通り沿いの駐輪場に自転車を停める。そこからアイスクリーム店の脇を通って、紀伊國屋書店のビルに入った。

エレベータで二階に上がり、「蜜柑」が収録された文庫本を買う。続いて七階に上がり、桜井が言っていた、ハリウッドの脚本術について書かれた本を手にする。何冊もあるので、どれにしようかと迷っていると、空腹を感じた。

この店に来ると、なぜかいつも地下でカレーを食べたくなる。

「柊君、少し早いけど、お昼を食べない？」

胸にあごがつくほど、柊が深くうなずいた。

「おなかすいてたんだね。僕の好きな店があるんだけど、カレーでいい？」

柊が何度もうなずく。

「ちっちゃい店だけどね。コロッケやカツがのったカレーがあるんだ。しかもいつも揚げたてで。毎回カツカレーにするか、コロッケカレーにするかで悩む。それからゆで玉子か生卵がトッピングできるサービス券があるんだけど、これもどっちにするかまた悩む」

　さっそく地下に降り、店の前に出されたメニューの前に立つ。好きなカレーを選んで、と写真を指差したが、何も見ないですぐ、柊が「コロッケ」と答えた。

「早いね、僕はまだ迷っているよ。玉子はどうする?」

柊が首を横に振る。

店をのぞくと、珍しくすいていた。二人でコの字型のカウンターの奥に陣取る。

「柊君はコロッケカレーね。僕はカツカレーを頼むけど、カツ、一切れ食べる?」

柊がうなずいたので、コロッケカレーとカツカレーを頼む。

すぐに店の奥から、軽やかな揚げものの音が響いてきた。

背の高い男が店に入ってきて、向かいのカウンターに座った。

あれ?　と声がしたので、男の顔を見る。桜井義秀だった。

「これは奇遇。そっちへ行こうかな?　お子さん?」

「預かってるお子さんです」

桜井が水が入ったグラスを持ち、柊の隣の席に移動してきた。

おいくつ？　と柊に聞いている。

六歳です、と宇藤が代わりに答える。

「うちの子と同じだ」

「桜井さん、結婚してるんですか？」

「今はしてないけど、前はしてた。娘ちゃんは今、俺の実家で暮らしてる」

「ご実家はどちらですか？」

神戸、と桜井が答えると、水を飲んだ。

「なまりがないですね」

「油断すると出るんやでぇ。ジブン、何頼んだん？」

「なんか嘘っぽい……」

今のは若干、誇張した、と桜井が笑った。

「で、皆さん、何を頼んだの？」

「僕はカツカレー、こちらはコロッケカレー」

「カツかコロッケね。悩む。俺もさっき悩んでた」

「何にしたんですか」

「コロッケ。イモイモしいものを食べたくて。毎回、ゆで玉子と生卵にも悩む」

柊がくすっと笑った。

「おかしい？　でも悩むよ。生卵の白身がカレーのルーにからんで、ちゅるるんとするのが好きなんだよな。あと、黄身が崩れてルーの味が変わるところ。コクが増すというか……。悩ましいよ」

「ゆで玉子の腹もちの良さも捨てがたいですね」

捨てがたい、と桜井の声が熱を帯びた。

「バール追分の、カレーに温玉って組み合わせもナイスだ。モモちゃん、俺のことまだ怒ってるかな。そろそろ行ってもいいかしら」

黙っていると、カツカレーが来た。青磁色の丸い皿全体に、スープカレーのようなさらりとしたルーがたっぷりと満たされている。奥にはご飯が舟形に盛られ、そこに寄りかかるようにして、カツが置かれている。

フォークで揚げたてのカツを刺すと、サクッと音がした。刺したカツを一切れ、柊の皿に入れてやる。

頰（ほお）をゆるませるようにして柊が微笑んだ。

「やさしいね、宇藤君。俺にもあとで一切れ頂戴（ちょうだい）」

「いやです」

「コロッケ一口あげる」

「いりません」

「寂しいわ、俺、仲良くしたいのに」

「しなくていいです」

「そこまで言われると、逆に闘志が湧くね。宇藤君ってツンデレ？　ツンデレってもう死語？」

「かろうじてまだ生きてますけど、僕がいつあなたにデレッとするんです」

「今だよ」

低めの甘い声で、桜井が微笑む。

柊がぽろりとカレーのスプーンを落とした。

「君、いいタイミングで落とすねえ。あと十年たったらうちに来ないか」

柊がじっと桜井の顔を見つめる。

「何？　何かついてる？　そんなに見つめないで」

桜井が再び微笑みかける。冷たく見えるほど整った顔だが、笑うと目がやさしい。

柊が再びスプーンを落とした。

「俺の顔が怖いのかな……お姉さん、オレンジジュース」

カウンターに出されたジュースを桜井が柊の前に置く。

「はい、ジュースあげるから、そんなに怖がらないで」

怖がったのではなく、見とれたのではないだろうか。

柊の頭ごしに宇藤は桜井の横顔を見る。肩にかかった髪を無造作に束ねた姿は、並みの男がすると奇妙だが、桜井にはしっくりと似合っている。

桜井さん、と宇藤は呼びかける。

「昨日、きしだ企画からインタビューの話が僕に来ましたが……」

「ああ、あれね、怜さんの」

「どうして僕を指名したんですか、ほかにもライターはたくさんいるでしょう」

「断るかな、と思って。いいよ、断って。きしだ企画のオファーは断りづらいが、君が断れば話も流れる」

「僕が引き受けたらどうするんですか？」

「そのときはそのとき」

断るつもりだったが、急に気分が変わってきた。

舟形に盛られた飯を突き崩して、カレーに混ぜる。汁気の多いルーとご飯をよく混ぜて口に運ぶ。カレーの味がしみてうまい。

花日和のエッセイを読んだ、と桜井が言う。

「面白いね、君の文章」

「どこがですか？」

「ナイーブだ。あの志藤がかばうわけだね」

「純君が僕をかばう？　いつのことですか？」

この間、と桜井がテーブルに肘をついた。

「他人のことは我関せずな奴だったのに、うちに来ないかと君を誘ったら、着替えの途中で部屋から出てきた、珍しい。しかも群れる人じゃないからこれ以上誘うなと俺に釘まで刺して。仲、いいの？」

「いいも悪いも……」

半分拗んで、半分むかついてると言われたばかりだ。あれから純は店に復帰したが、気まずくてあまり話していない。

桜井のカレーがカウンターに置かれた。

「志藤に、帰ってくるように言ってくれないかな。俺の話はまったく聞いてくれないけど、君の話は聞く気がする」

「かいかぶりですよ」

「とりあえず、いるだけでいい。それでいいから、戻ってきてほしいって」

「まるで恋人みたいですね」

「それ以上だよ。恋人なら取り替えがきく」

桜井がコロッケをスプーンで二つに割ると、カレーに沈めた。

「その言葉も伝えます？」

「今のは愚痴。聞かなかったことにして」

ガラスの器に入った薬味に桜井が手を伸ばす。この店には赤と緑の薬味がある。赤は福神漬け、緑は青紫蘇（あおじそ）の実の漬け物だ。

これを見ると、ノルウェーの森を思い出す、と桜井が二つの薬味を皿に取った。

「北欧に行かれたんですか？」

「小説だよ。ノルウェイの森」

「福神漬けなんて出てきましたっけ？」

桜井の手が一瞬止まった。

「いや、出てない。ごめん、おかしなこと言って」

つまらなそうに、柊が空になったグラスをストローで吸っている。ゴワゴワした音が響いた。

「柊君、もういいの？　じゃあ僕らはお先に失礼します」

「志藤の件、よろしく。またね、ボク」

柊に手を振ると、桜井が自分の皿に向き合った。

店を出ると、桜井の言った言葉が妙に気になってきた。

「柊君、ごめん、また本屋さんに戻っていいかな」

エスカレータに乗り、二階の売り場へ急ぐ。

桜井が言っていた小説は上下巻に分かれていた。その表紙を手にした途端、思わず「ああ」と声が漏れた。

本の装丁は上巻が無地の赤、下巻は緑。赤と緑。たしかにあの店の薬味を見ると、思い出しそうだ。

映画を見たので、知ったつもりでいた。しかし桜井の言葉が即座にわからなかった時点で、本を読んでいないのは明らかだ。桜井が話をすぐにそらしたのは、それに気付いたからだろう。

恥ずかしい。知ったかぶりをした自分が。しかもそれが相手にばれていて、気を遣ってもらったなんて――。

「恥ずかしすぎる……」

肩を落とすと、手に何かが触れた。柊の手だった。

そっと握ると、柊がその手を軽くゆすった。小さな子になぐさめられているようで、ますます情けなくなってきた。

西新宿の小さなアパートにトラックが来たのは三時過ぎ。引っ越しの荷物を運び出すと、

午後四時を過ぎていた。

終わったね、と佐藤真里菜は息子の柊に言う。何も言わずに、息子はアパートを見上げた。

夫と別れて四年。六畳一間のこのアパートで暮らしてきた。夜は新宿のクラブ、午後の数時間は弁当屋で。昼も夜も働き続けて金を貯(た)め、今夜、祖母が待つ新潟に帰る。

「よく頑張ったよね」

引っ越しを前にして盲腸で入院というハプニングはあったが、それもなんとか乗り切れた。混載便で送った荷物が二日後に祖母の家に到着したら、あとは半年後のオープンを目指して、弁当屋の開業準備をすればいい。

「さて、と」

何をするの？　と言いたげに柊が見上げた。

「高野(たかの)にごほうびメロンパンを買いにいこう。それからバール追分へ行って、宇藤さんにさよならを言おう。ＯＫ？」

柊がうれしそうに微笑む。

「行こう、柊。アパートさんにありがとうを言って」

二人でアパートに向かって頭を下げる。

住み慣れた場所に背を向け、柊と手をつないで、真里菜は歩き始めた。

新宿駅から歩いてすぐの新宿高野はフルーツのお城、果物の玉手箱のような店だ。地下道を歩いて入ると、右手に広がるのは果物をあしらったスイーツ、左手には食事にも酒のつまみにもなる総菜の売り場。さらに奥に進むと、対面形式のパンコーナーがある。

パンのショーケースに貼り付くようにして、柊がごほうびメロンパンを眺めた。

この店のメロンパンの表面はなめらかで、淡い緑色をしている。本当の名前はクリーミーメロンだ。名前の由来はおそらくクリームのようになめらかな表皮と、メロン味のクリームが入っているからだろう。こんもりとした丸い形は見るからにおいしそうなかたまりで、このパンがずらりと並んだ光景を見ていると、リッチな気分になってくる。

このパンのシリーズにはメロンのほかにも可愛い色のマンゴーやブルーベリーなどもあり、どれもフルーツの味と香りがたっぷり楽しめる。しばらく迷ったのち、メロンパンを二つ、果汁入りのフルーツキャンディーを一袋買った。柊が袋を持ちたがったので、パンの袋を持たせてやる。

店を出ると、すぐにキャンディーの封を開け、柊にはピーチ、自分はオレンジ味を口に入れ、新宿追分に向かって歩いた。

新宿に住んで働いているが、ねこみち横丁に行くのは四年ぶりだ。

隣を歩いていた柊が走り出した。

「柊、走らないでよ。ママは走るほどまだ元気ない」

立ち止まった柊が心配そうに振り返った。

「なーんて、嘘。手、つなごう」

柊と手をつなぎながら、新宿通りをゆっくりと歩く。息子と手をつなぐこと。自由に身体を動かせること、好きなものが食べられること。当たり前だと思っていたことが、どれほど尊いことなのか入院して初めてわかった。

二週間前、勤め先から帰ると、お腹が痛くなってきた。我慢して寝たが、翌朝、熱が出て何度も吐いた。風邪かと思って病院に行くと、虫垂炎（ちゅうすいえん）、いわゆる盲腸だという。すぐに手術をすることになり、退院には一週間から十日かかると告げられた。

手術と聞いてうろたえたが、一番困ったのは、六歳になる息子の柊の生活だ。すると、日頃から暮らしむきを気に掛けてくれた「ねこみち横丁振興会」会長の遠藤と、同じ託児所に子どもを預けている弁当屋の同僚が、託児所と連係して柊を預かってくれることになった。

ところが入院五日目を過ぎてから、柊が何も食べなくなった。困った遠藤が振興会事務所の下にあるバール追分に連れていくと、その店主がたまらなくおいしそうな匂いを次々と柊にかがせて、見事にものを食べさせたという。匂いにはまってしまったのか、柊はその場所を離れたがらず、結局、退院まで、振興会専従職員の宇藤輝良と、モモちゃんと呼ばれる、バール追分の店主と一緒に過ごしていた。

ＢＡＲ追分か……。

真里菜はオレンジ味のキャンディーを口のなかで転がす。

ねこみち横丁の奥にあるＢＡＲ追分は、夜は本格的なバー、昼は季節のおいしい定食と軽食を出すバールだ。四年前、遠藤に会いにいったとき、一度だけ昼間に食事をしたことがある。評判通りのおいしい店だったが、ほどよく上品で落ち着きがあり、上京以来、勢いだけで突き進んできた自分には、居心地が悪かった。

ほんと、勢いで来ちゃったからなあ……。

五時前なのに、すっかり暗くなった空を真里菜は見上げる。

勢いで生きてきたことを悔やんではいない。ただ、もう少し考えればよかったと思うことはある。

七年前に新潟から上京して、介護福祉士を養成する専門学校に入った。両親を早くに亡くして祖父母のもとで育ったので、少しでも学費と生活費の足しにしようと、この街のクラブで働き始めた。最初は軽い気持ちで働いていたのだが、たった一週間働いただけで、高校時代に祖母としていた紙の加工の内職、一ヶ月分の賃金を稼ぎ出せたことに衝撃を受けた。

東京は若さを換金できる魔法の場所だ。しだいに勉強より夜の仕事に重点を置くようになった。やがて一回り年上の飲食店経営の男から情熱的なアプローチを受け、柊を身ごもって結婚。東京に出て一年で交際、妊娠、結婚、そして自営業の社長夫人へ。シンデレラストーリーだと当時は思った。

ところが結婚してすぐに、夫は借金だらけということを知った。柊を出産した頃には店の経営も傾き、暮らしも荒れ始めた。

家に帰っても安らげないと夫は毎日怒る。柊が泣けばうるさいと怒鳴り、子どもの世話を懸命にしていると、お前は女を忘れて汚くなったと罵る。

店を手放すと、夫婦仲はさらに悪くなった。借金返済のために再びクラブに勤めると、今度は浮気を疑う。それならば昼間のパートにつこうとすると、給料が割に合わないと怒る。

何をしても怒鳴る、そして喧嘩になる。それでも別れられなかったのは、夫とひどい口論をすると、いつも先にあやまってきて、そのあとは人が変わったようにやさしくなり、子どもを可愛がるからだ。そのときはとても幸せな家族のように思えた。やがて夫に怒鳴られると、そのあとの時間を思って耐えるようになった。

それが異常だと気付いたのは四年前のことだ。口論におびえて泣き出した柊に、夫が「うるさい」と怒鳴って、壁にビールの缶を投げつけた。跳ね返った缶が柊の頭に当たって、額が少し切れたのを見たとき、心のなかで何かが弾け飛んだ。もう駄目だ、逃げなければ殺されると思った。

振興会の会長、遠藤竜之介と知り合ったのは、離婚した夫が、復縁を求めて職場につきまとうようになったのがきっかけだ。別れた夫は新潟の祖父母の家まで押しかけてきた。ストーカーとして警察に相談しようとした矢先、祖父がねこみち横丁振興会の遠藤に相談するようにと言った。昔、東京にいたときの知り合いだという。

祖父が東京にいたという話は初めて聞いた。そんな昔の知人が力になってくれるのかどうかもあやしい。それでも藁にすがるような思いで、振興会をたずねていくと、遠藤はバール追分でコーヒーを飲みながら話を聞き、その夜から元夫は職場にもアパートにも現れなくなった。そのあと、遠藤の手配で西新宿のアパートに移ってからは、時折、遠藤が夜のクラブに顔を出したり、休日には柊を遊びに連れていってくれたりする――。

香ばしい醤油の香りが漂ってきた。パンの袋を大切そうに抱え、柊が走り出す。

「どうしたの、柊?」

早く早く、と言うように、柊が手招きをする。小走りで追いかけ、真里菜は道を曲がった。

「きれい……」

ねこみち横丁の左右の街灯に銀色の紐が掛け渡され、そこから真っ白な雪の結晶のモビールがたくさん吊られていた。ゆらめくたびに結晶は白く輝き、雪が降っているかのようだ。通りに目を向けると、それぞれの店舗のドアには赤と緑のリボンが付いたおそろいのクリスマスリースが飾られている。

「クリスマス横丁だ。きれいだね」

きらめく雪の結晶のなか、柊と手をつないで横丁を進む。

バール追分の扉が目の前に現れた。

二人で扉を開ける。甘いリンゴの香りとともに「いらっしゃいませ」と声がした。


東京を引き払う前にもう一度、礼を言いたいと思ったが、宇藤は留守だった。今日は雑誌の取材で遠方に出かけているそうだ。

桃子に差し出された名刺をバッグに納め、真里菜は柊の隣に座る。

「宇藤さんの本業は記者さんなの？」

「本業はシナリオライターなんですけど、エッセイも書いてるし、原稿を書く仕事はなんでもできるみたい。今日はインフルエンザで寝込んだライターさんのピンチヒッターを頼まれて、編集者さんと小田原のほうに」

「そうなんだ……実は今夜、新潟に帰るんで、宇藤さんに挨拶に来たんだけど……残念だね、柊」

柊は答えず、膝に置いたパンの袋を見つめている。

「今夜、ご出発なんですか?」

「そこのバスタ新宿から。便利になったよね」

便利になりましたね、と桃子がカウンターに水を置く。

「待合室も広いし、お店もいっぱいあるし。でもこの間、手術したばかりでしょう? 移動は大丈夫ですか?」

「大丈夫だと思う。もうご飯も普通に食べられるし。寝ている間に着くしね」

よかった、と桃子がやさしい笑みを浮かべた。

「ではお食事の前によかったらこちらをひとくち。サービスです」

耐熱ガラスのコップに入った、赤い飲みものが出てきた。

「なにこれ? ホットワイン?」

「ホットリンゴジュースって呼んでるドリンクです。本当の名前はキンダープンシュっていう、子ども向けのホットワインなんです」

「ワインが入ってるの?」

大丈夫、と桃子が軽く手を横に振った。

「ノンアルコールです。赤い色はミックスベリーのハーブティの色。それにリンゴジュースとオレンジ、カルダモン、クローブ、ちょっぴりショウガを入れて煮てあります。柊君のはリンゴジュースを足して、スパイスを少し弱めにしたもの」

目を輝かせて、柊がキンダープンシュを飲んでいる。

こんな表情をするときがあるのだと、意外に思って見ていると、目が合った。照れくさそうに、柊が微笑む。笑顔を返して、真里菜はグラスに唇を付ける。

リンゴの甘い香りに、スパイスとオレンジの香りが重なっている。ゆっくり飲むと、甘いふくよかな味わいに頬がゆるんできた。

「初めての味だけど、おいしい。あったまるね、このジュース……」

「この時期のリンゴって、そのまま食べても、煮ても焼いてもジュースにしても無敵においしいですよね」

あたたかい飲みものを口にすると、どれだけ自分の身体が冷えて、強ばっていたのかよくわかる。

ふうっと大きな息を吐くと、身体のあちこちがほぐれてきた。

さて、と桃子が大鍋のふたを取った。

「今日の定食はドライカレーにチーズ入りオムレツのせ。あるいはボルシチ風・肉団子の煮込み、二つのご用意があります」

「肉団子、柊が好きなんです。ね？」

柊が勢いよく、うなずく。

「よかった。でも鳥の軟骨を入れて、少しコリコリさせているんだけど、それは大丈夫かな?」

「大丈夫……ってか、大好物」

「では、肉団子にします?」

「あ、待って待って。チーズ入りオムレツ? それをのっけたドライカレーもグッと心に来てる」

「来てます? さらにグッと押しこみますよ。オムレツのなかでとろっと半分とろけたチーズがですね、ドライカレーと実に合うんです」

うわ、迷う、と思わず声が出た。

「オムレツ&カレーか、コリコリ肉団子の煮込みか。柊、どっちがいい?」

りょうほう、と柊が小声で言って、見上げた。

桃子が目を細めた。

「じゃあ柊君にはミニサイズ、ママにはミディアムサイズのオムレツ&ドライカレーと、スープ代わりにミニカップでボルシチ風・肉団子。この組み合わせで、いかがですか?」

「そんなのあり?」

「なんでもあり。どっちも食べていってください。ね?」

桃子が柊に向かって微笑んだ。

あったかいな、と真里菜は店内を見渡す。四年前に来たときは抱えた悩みが大きくて、気が付かなかった。

「宇藤さんから聞いたんですけど……」

桃子がボウルに玉子を割り入れた。

「ご実家に帰って、お店を開くってお話、素敵ですね」

「弁当屋をやろうと思って。柊が小学校にあがる前に昼間の仕事オンリー、できれば店を持ちたい。そう考えてお金を貯めて……最初はやっぱり東京で開こうかなって思ってたんだけど、競争激しいし。家賃も高いし。それに……」

「それに？」

「あたし、じいちゃん、ばあちゃんの家で育ったんですけど、今年の春にじいちゃんが死んで。今は、ばあちゃん一人で暮らしているんです」

「そうでしたか」

桃子が手早くオムレツを作り上げると、ドライカレーに火を入れた。カレーの香りがふわりと立ちのぼる。

「柊は、ひいじいちゃん、ひいばあちゃんにずいぶん可愛がられて……ばあちゃんを東京に呼び寄せることも一瞬考えたんだけど……あたしたちが帰るっていう選択肢もありかなって」

夏に故郷に帰った折、柊を海に連れていった。怖がるかと思ったが、夏の日差しのなかで、いきいきと遊んでいた。家に帰ると祖母がスイカを切ってくれ、柊をはさんで縁側に並んで食べた。よく似た顔の三人が並んだ姿を、空から祖父が見下ろしたら、安心するだろうな……そう思ったとき、ふるさとで暮らすという選択肢があることに気が付いた。

「お孫さんとひ孫さんと一緒に暮らせるなんて、お祖母ちゃんは喜んだでしょう」

「すごく喜んでる。あたしもなんだかほっとして……。こら、柊、行儀悪いよ」

柊がカウンターに身を乗り出し、大皿をのぞきこんでいる。

桃子が笑うと、大皿を柊の前に置いた。

「ピンチョス、気に入ってくれたんだね。ありがとう、なんでも好きなのを取って」

大きな皿には薄切りのバゲットに小さなおかずをのせ、つまようじで留められたものがずらりと並んでいた。

「これは何？　おつまみ？」

「つまようじ……ピンで留めてるから、ピンチョスって呼んでます。コーヒーのおとも、ワインのおつまみ、それからスイーツをガッツリってほどじゃないけど、甘いものを食べたいときに。一個六十円です」

安すぎず高すぎずの値段だ。見映えがいいからお得感も大きい。

なるほどなあ、と真里菜は大皿を見つめる。

評判が良い店というのは、いろいろな工夫があるものだ。

「これが結構、人気があるんです。今日のラインナップはクリームチーズにマーマレードをのせたもの。小さなシュークリーム。カキのオイル漬け。タラモサラダ。柿の生ハム巻きの五種類。お好きなものをどうぞ」

柊が柿の生ハム巻きに手を出した。

「意外。柊はシュークリームに行くと思ったのに。じゃあ、あたしも」

柊につられて、真里菜は柿と生ハムのピンチョスを食べる。生ハムの塩気が柿の甘味を、柿の濃い甘味が生ハムの旨みを強めている。

「柿と生ハムって合うんだ」

「メロンと生ハムの組み合わせにヒントを得て。手前味噌ですが、私はメロンよりこっちのほうが好きかも。柿に生ハムを巻くだけでＯＫですが、今日は生ハムと柿を特製のドレッシングで和（あ）えてあります」

「何が特製？　よかったら教えて」

どうってことないんです、と桃子が照れくさそうに言う。

「ドレッシングのお酢を、柿を熟成させた柿酢に置きかえてあります。素材が同じだから相性が良くて」

「弁当以外にも、こういうサイドメニューを充実させるといいのかな。サラダとか唐揚げとかメンチとか……月並み？」

「月並みって大事……たとえばカツや唐揚げがカラッと揚がって、ばつぐんにおいしかったら、それを目当てのお客様や、夕食のおかずに買って行かれるお客様もいるかもしれないし。何気ないものがどれも確実においしいっていうのは長い目で見ると強いです。たとえばお米」

「ご飯？　そっか、たしかに」

東京に来て初めて外食をしたとき、ご飯がおいしくないと感じた。今は慣れたのか、それほどでもないが、たまに新潟に帰って外食をすると、どんな気軽な店でも米がおいしく思えて、得をした気分になる。

「大釜で炊くと、おうちで一人分炊くより旨みが出ます。ガス釜、土鍋……炊き方もいろいろあるし、とにかくこの店に来れば、おいしいご飯が食べられるというのは、おかず以上の吸引力がある気がします……それに最近、お米はいろいろな品種があるし」

「品種？　コシヒカリとかあきたこまちとか？」

「たとえばしっかりした味わいなら長崎の『にこまる』。冷めてもおいしい山形の『はえぬき』、『つや姫』。おむすびなら鳴子の『ゆきむすび』。うちは定番で出しているお米があるんですけど、今年から月に一度、別の産地のお米と食べくらべという試みをしているんです……ツイッターで告知すると、これがけっこう反響がある。おいしいお米を食べたい人って多いんですね」

「たとえばお弁当だったらって、今、考えてた」

「お弁当のご飯がおいしいとうれしいなあ」

桃子がボルシチ風のスープをカウンターに出した。

「じゃあさ、ご飯を入れるところを真ん中で仕切って二種類のご飯を入れてみるとか？　地味？　駄目か。でもご飯が主役になるお弁当ってたしかにいいよね」

「個人的には……」

桃子がドライカレーの皿をカウンターに置いた。明るい黄色のオムレツと、挽肉(ひきにく)のドライカレーの深い黄色の重なりがきれいだ。

ご飯が主役のお弁当、と桃子がうっとりとした顔になった。

「いいわあ。私、お米が大好きだから、すごくいい。極端なことを言うと、おいしいご飯があれば塩……塩だけじゃさびしいな、塩鮭(しおざけ)？　それさえあれば私、おかずはなくていいかも」

「一切れ、卵焼きがあっても」

「ああ、いい、最高。ウインナーも」

「おかず増えてない？」

口元を押さえて桃子が笑った。

「ほんとだ、うっかりしてた……でもこのお弁当、緑の野菜が少ないですね」

「野菜ジュースで補おっか」

いいね、と真里菜は身を乗り出す。

「低速ジューサーを置いて、搾りたての生ジュースを出すとか？」

「すごくいい。あたしが飲みたい。ジュースのメニューは日替わり一択、今日はリンゴ、明日は小松菜、明後日はにんじん、どうよ？」

桃子が小さく拍手した。

「いい〜。お弁当買わない日もジュース目当てに毎日通っちゃう」

昂揚（こうよう）した気分で、真里菜はオムレツをスプーンで割る。チーズがとろりと流れて、カレーの上にこぼれ落ちた。そこをすくって食べると、玉子、チーズ、カレー、米、四つの味が調和して、ため息がもれた。

「おいしい。チーズオムレツ&カレーも」

「うれしい、気に入ってもらえて」

柊がリズミカルにスプーンを動かし、ドライカレーを食べている。柊の頰についた米粒を取り、真里菜は口に入れる。たしかに、この店の米はもっちり、ふっくらと炊けて、かなりおいしい。

「あたしが昼間働いてたお弁当屋はチェーン店だったから、店独自の工夫はなかったのね

「……佐々木さんは本当にいろいろ考えてるんだね、すごい」

そんなことないです、と桃子が首を横に振る。

「私の場合、昼のこのお店を格安で貸していただけるから……その分、いろいろな試みもできるし、今の価格設定でもやっていけるんです」

たしかにこの店の食事は、素材も良くて手間もかかっているのにリーズナブルだ。

ボルシチ風の肉団子を口に運ぶ。ビーツとトマトで染まった赤色のスープに肉団子のうまみが溶けこんで美味だ。身体がさらにあたたまってきた。

「昼間のバールのこと、ヤドカリ食堂って、ときたま横丁の人に言われます……本当にそう。私一人だったら新宿でこんなお店、とても開けない。だから自分のお店を持つことのほうが、ずっとすごいです」

「田舎だからさ。都心では無理だって。でもここは昼はバールってのがもう定着してるから、ずっと貸してくれそうじゃない？」

「永遠に続くことってないです。いつか終わりは来る」

桃子の顔が少し沈んだ。

「ご好意に甘えてばかりじゃいけないって、よく思うんです。これから先のことを考えなきゃって……」

「いろいろ考えてるね。あたし、勢いでここまで来ちゃったから、なんか尊敬する……」

「私も勢いです。ここには着の身、着のままで居着いたから」

笑いながら言ったが、着の身、着のままという言葉が重い。スプーンを動かしながら、真里菜はそっと桃子の表情をうかがう。

ほがらかに見えるけれど、この人も何かあったのだろうか——。

「あたし、根拠もなく言っちゃうけど」

うん、と桃子がうなずく。

「大丈夫っしょ、何があっても。だってあなたの作るもの、おいしいもん」

霧が晴れるように桃子の顔が明るくなった。

「柊君のママは、やさしいね」

この店の雰囲気がそうさせるのだと思ったが、気取っているようで口に出せなかった。


六時過ぎまでバール追分にいたが、宇藤は帰ってこなかった。

ねこみち横丁を出たあと、インターネットカフェの個室で真里菜は柊と時間をつぶす。

小腹がすいたので、コーヒーを淹れて新宿高野で買ったパンを食べた。柊に食べるようにすすめたが、首を横に振って食べようとしない。

「どうしたの、柊。いつもなら大喜びで食べるのに。じゃあ、ママの分を少しあげる。具合悪いの？」

　柊が首を横に振る。

「それならいいけど。残り、リュックに入れておくよ。そろそろバス停に行くから、ゆるーい服に着替えようか」

　柊のリュックにパンを入れたあと、バスで眠りやすいように大きめの服に着替えさせた。風が入らぬようにダウンジャケットの上からマフラーを巻いていたとき、スマホが鳴った。

　振興会の会長、遠藤からだった。海外での仕事が早めに終わり、さっき羽田に着いたそうだ。もう新宿に着いたので、見送ってくれるという。

　疲れてるだろうし、いいよ、と断ったが、「まあ、そう言うな」と渋い声の返事が戻ってきた。

　どこにいるのかと聞かれたので、インターネットカフェの名前を伝える。

　精算を終えて、ビルの一階に降りると、仕立てのいい黒のロングコートを着た遠藤が立っていた。首にはチャコールグレーのストールを巻いている。

「元気か？　真里菜。柊はメシ食ってるか？」

　柊が軽くうなずく。

「会長さん、日焼けしてない？」

「暑いところに行ってたんだ」

「会長さんは暑いところか、寒いところしか行かないね」

そうだな、と遠藤が笑うと、柊の前にかがんだ。

「おいおい、妙にふらふらしていると思ったら、柊、半分寝てるぞ。時間も時間だしな」

腕時計を見ると、遠藤が柊を背負った。

「いいよ、会長さん。下ろして。重いでしょう、歩かせる」

「重くない。それよりイルミネーションがきれいだ。サザンテラスを通ってバスタに行こう。電飾を眺めて歩いていたら、柊は何度も転んでしまうよ」

遠藤に背負われた柊が、コートに頬をすりよせている。

この人はいつも手触りのいい、極上の生地を身につけている。上品なジャケットやスーツを着ていることが多いが、それ以外のときは機能的なミリタリーウエアだ。

小田急サザンタワーのエスカレータでサザンテラスに出ると、幻想的な光の道が新宿駅まで伸びていた。色とりどりのイルミネーションを楽しみながら、人々はゆっくり歩いている。

東京最後の夜。ふるさとへ向かうバス停への道が、こんなに輝いているなんて——。

自分たちのために飾られたわけではないが、涙があふれてきた。照れくさくて、遠藤の少しうしろを真里菜は歩く。

遠藤の低い声がした。

「真里菜はこの街で働き出して、何年になる？」

「離婚してからだと四年」

四年か、と遠藤が歩調をゆるめた。

「大学を卒業して、故郷に帰る学生と同じ年数だ」

「二つか三つ年上だけど」

「たったそれだけの年数で、開業資金を作って帰るとは、たいしたものだ。東京って大学を首席で卒業だな」

この街が学校だとしたら、遠藤は校長先生だ。この四年間、いつもこの人は見守ってくれた。

その理由を聞くと、祖父に昔、世話になったからだと遠藤は言う。無口な漁師だった祖父が何の世話をしたのかわからないが、おそらくそれ以上のものを、自分たち親子は受け取っている。

「よく頑張ったな、真里菜。大威張りでふるさとに帰れ」

涙がこぼれそうになり、真里菜は顔を上げる。イルミネーションの輝きがゆらめいて見えた。

「会長さん、ありがとう……本当に、いろいろ」

「俺は今回何もしてない。全部、追分の若い衆の活躍だ」

それは店の名前なのに、追分という言葉が胸に響いた。

追分とは道が二つに分かれる場所。初めて会ったとき、遠藤が教えてくれた。

東京で生きるか、故郷に戻るか。二つに分かれた道を前にして、自分は一つを選んだ。

息子と一緒に、今夜からはその道を行く。

追分、とつぶやいたら、遠藤が隣に並んだ。

独り言を聞かれたのが恥ずかしくて、ほがらかにあとを続ける。

「……あそこの人たち、いい人たちだね、桃子さんも、それから宇藤さんも。今日、挨拶に行ったけど、宇藤さんには会えなかった」

「残念だったな」

「宇藤さん、お見舞いにかわいいメロンパンをくれたよ。おいしかった」

メロンパンか、と遠藤がなつかしそうに言う。

「メロンパンは牛乳と食べるのが好きだな」

「牛乳？　コーヒーでも紅茶でもなく？」

「紙パック入り、できれば三角のテトラ・パックで。昭和の郷愁だな」

小さく笑うと、遠藤が柊を背負い直した。

「メロンパンと言えば、香港(ホンコン)にはパイナップル・パンと言われる雰囲気が似たパンがあるんだが、あれがまたうまい」

「パイナップルが入ってるの？」

「入ってない。表面の十字の模様がパイナップルに似ているから、そういう名前なんだ。メロンパンにメロンが入ってないのと同じだ」

「ちゃーんと入っているメロンパンもあるんだよ」

遠藤に知らないことがあるのがうれしく、真里菜は得意気に言ってみる。

「メロン味のクリームが入ってるの。柊の大好物。ね？　あれ？」

遠藤の肩に顔を埋めて、柊はすっかり寝入っていた。

起こすなよ、と笑う遠藤の背後に、イルミネーションの光が広がっている。

「こんな景色のなかでうたた寝すると、寝ても覚めても夢を見ているようだな」

「ねえ、会長さん……」

なんだ、と遠藤が答える。頼もしいその声を聞いたら、悩んできた思いが口について出た。

「柊は、会長さんにはきちんと話をする？」

「あまり話さん」

「やっぱ、そうなんだ」

「でも何を考えているのかはわかるので問題はない。どうした？」

今、打ち明けないと、この先、きっと自分は何度も心のなかでくり返す。今までそうであったように——。

「いつも思うの。元ダンナ……あの人、柊が泣くと、うるさいっていつも怒鳴ってた。だからあたし、なるべくこの子に怒鳴らないようにしてる……けど気が付くと、結構、きつい口調で叱ってる。もともとお上品な話し方じゃないしね。そんなとき、あいつと同じことを自分は子どもにしてるんだって思う」

「注意や叱るときは、きつい口調じゃないとかえって危険なときもある。あの馬鹿男は田舎に帰ったが、相変わらず同じ失敗をくり返している。真里菜とは全然ものが違うよ」

その馬鹿男を夫にしたのは自分だ。

結局、似た者同士が引き合ったのだろうか。

「ねえ、会長さん」

なんだ？　と言いたげに、遠藤が視線を向けた。

「あたしがこの子の言葉を奪ったんだろうか？　あたしがもっと早くあいつと別れてたら、この子はもっと笑ったり泣いたり、しゃべったりできたんだろうか」

話さないわけじゃない、と遠藤が小さいが強い声で言う。

「必要なときは話すし、文字だって、ひらがななら読み書きを覚え始めている。賢い子だよ」

「でも、ちゃんと話さなければ、生きづらいじゃん。小学校に入ったら、いじめられるかも」

「だからと言って、話せと強制して話せるもんでもなかろう？　無理強いはかえってストレスになるぞ」

「やっぱ、あたしのせいかな。この子が黙っていると、最近ガミガミ怒鳴ってしまう。あとで後悔するけど、自分が止められないの」

涙がこぼれた。遠藤がハンカチをよこすと、片手で自分のショールをはずし、首に巻き付けてくれた。

「忙しかったし、疲れているし、イライラすることもあっただろう。なんせ、働きづめだったからな。でも明日からは少しゆとりができる。そうしたら変わってくるさ、何もかも」

「変わるのかな？」

遠藤のショールに顔を埋めると、かすかに煙草の香りがした。

「変えるんだよ。そのために戻るんじゃないか」

真里菜、と遠藤があたたかい声で名を呼んだ。

「疲れているんだよ。あまり無理するな。まずは帰ったらゆっくり身体を休めろ。新生活の準備は年明けからすればいいさ」

「そんな悠長なことしてられない。がんばらなきゃ」

「いいから、まずは休め。何もかも抱え込まないで、困ったら連絡してこい。仕入れでも、店の作り方でも、俺の手にあまることがあったら、横丁にはいろんな分野のプロがいる。誰かしらいい智恵を貸してくれるさ」

「どうしてそんなにやさしくしてくれるの？　あたしたち、迷惑かけるばっかで、会長さんに何の恩も返せないよ」

「何言ってるんだ」

小さな子どもにするように、遠藤が軽く頭を叩いた。

「いつか真里菜が誰かを助けられるようになったとき、そいつを助けてやればいい。お互い様ってのはそういうことだ」

イルミネーションが終わると、バスタ新宿が近づいてきた。甲州街道に面したエレベータから、四階のバス乗り場へ向かう。

乗り場に着くと、バスはすでに停車していた。年末で乗客が多いせいか、今日は台数が多い。これから乗る車両もいつもと違う古いタイプだ。乗客たちはすでに次々と乗り込んでいる。

混んでいるな、と遠藤がつぶやいたとき、聞き覚えのある声がした。

「会長、柊君！」

背の高い男が手を振っている。宇藤だった。

「読みが当たりましたよ。おかえりなさい、会長」

よくわかったな、と遠藤が笑った。

「佐々木さんから聞きました。今夜、バスタ新宿から新潟に帰るって聞いたから……。間に合ってよかった」

遠藤の背で眠っていた柊が、顔を上げた。

「あっ、柊が起きた。柊、宇藤さんだよ」

柊が目をこすると、宇藤を見つめた。

「こんばんは、柊君。寝てたのに、ごめんね」

「そんなことない。宇藤さんに会えなくて、がっかりしてたから、うれしいよね」

柊が何かを言おうとした。

「何だい？　柊君？」

「柊、何か言いたいことがあるんじゃないの？　早く言わないと」

「おいおい、まだ寝ぼけてるんだよ。みんなしてワアワア言うな」

遠藤が背中から柊を下ろす。落ち着かない様子で、柊が宇藤を見上げた。

「ねえ、柊、宇藤さんにお礼を言いたいんでしょ？　そうじゃない？　ちゃんとはっきり言おうよ。ウジウジしない、男でしょ！」

柊の顔が強ばる。それを見て、自分の言葉がまた強かったことに気が付いた。

「ごめん……柊」

「柊君は偉いですよ」

宇藤が柊の前にかがんだ。

「泣き言言わずにじっとお母さんを待ってたんだから。立派な男ですよ。僕は泣き虫だったから、これぐらいの年頃に母がいなくなったら、ずっと泣いていたと思います」

「想像がつく……子猫ちゃんみたいに泣いてそうだ」

「そう言ってもらえると可愛いですけど」

宇藤が笑うと、柊の肩にやさしく触れた。

「またね、柊君。今度は本物のボウリングをしにいこう。モモちゃんと待ってるよ」

柊が口を開きかけたとき、バスの出発を告げるアナウンスが入った。

「真里菜、そろそろ乗らないと」

「本当だ。行こう、柊」

宇藤に礼を言い、あわててバスに乗り込む。窓から見ると、宇藤と遠藤が並んで立っていた。

人生の追分はこの先、何度も来るだろう。でも一人ぼっちじゃない。顔を上げれば、きっと誰かがいる。見送ってくれる人、前へ進む勇気をくれる人が。

いつか自分も誰かを前へ進ませよう――。今は支えてもらうばかりだけど。

柊がリュックから緑色の袋を出した。新宿高野の袋だ。それをつかむと、窓を開けようとしている。

「何してんの、柊」

「うどうくん……」

「え？　こういうバスの窓は開かない……あっ」

いつもと違う型式のせいか、今日は窓が開く。急いで開けると、バスのエンジンがかかった。柊が呼びかける。

「うどうくん……」

バスがゆっくりと動き出した。驚いた顔で、宇藤がバスを追う。

「どうしたの？　柊君」

「うどうくん……」

柊が宇藤に袋を渡そうと、手を伸ばした。

「危ない、柊」

柊の身体を真里菜はつかむ。

「ぼくの、いちばん……」

投げて、と宇藤が叫んだ。

柊が緑の袋を投げる。宇藤が軽やかにキャッチした。

「ナイスボール！　柊君」

うしろから柊を抱きかかえて、真里菜は手を振る。

バスがスピードを上げる。宇藤の姿が遠くなっていった。


柊を抱えた真里菜が手を振ると、バスはゆるやかに旋回し、四階から地上へ下っていった。

年の離れた姉弟のような二人が東京を離れていく。遠藤とともに、宇藤はバスを見送った。

「行ってしまいましたね」

柊から受け取った袋から甘い香りがする。

「柊は何を投げてよこしたんだ？」

何でしょう、と言って、袋を開けると、オレンジ色のパンが出てきた。

パンを手にして、宇藤は笑う。

「蜜柑の色したパンが空から降ってきましたよ」

「それは瑞祥（ずいしょう）。いい香りだな」

パンを二つに割り、宇藤は口に運ぶ。

「あれ……みかんじゃない。これ、メロンだ。あっ……クリーム……ものすごくメロン感のあるクリームが入ってます」

「どれ、一口」

遠藤の手に、宇藤は一片のパンを渡す。

本当だ、と遠藤がつぶやく。

「この色は赤い果肉系のメロンなんだろうな。夕張メロンみたいな」

「ゴージャスなメロンパンですね」

蜜柑色のパンから、みずみずしいメロンの香りがする。ジューシーな果実の味がするクリームはたっぷりと入っていて、極上のスイーツのようだ。

これがごほうびメロンパン。柊が一番好きだというパンか。

「なんだって柊は、あんなに必死にパンを渡そうとしてたのかな」

「どこのメロンパンが一番好き？　と僕が聞いたのを、覚えていたんだと思います」

「だから『ぼくのいちばん』か」

甲州街道に出ると、冷たい風が吹きつけてきた。バスターミナルを出た長距離バスが、オレンジ色の方向指示器を光らせ、何台も走っていく。

「会長……あの小説の、蜜柑の子たちは、どうなったんでしょうね」

「幸せになったに決まってるだろ」

「どうしてですか?」

遠藤が煙草に火を付けようとした。風に揺れる炎を宇藤は両手で包みこむ。

手のなかに暖かな色の光が集まった。

「空から降ってきた暖かな日の色に染まった蜜柑は希望の光、幸運の前触れ。俺は勝手にそう思っている」

歩き出した遠藤が「飲むか?」と聞いた。

はい、と答えて、宇藤は遠藤と並んで歩き出す。

「帰りましょう、追分へ――」

情熱のナポリタン

酸味の強いトマトソースの香りが、ふわりとまろやかになった。資料を読む手を止め、宇藤はカウンターのなかを見る。

朝の十一時。モーニングが一段落したバール追分に、トマトソースがフツフツと煮える音が響いている。

木べらで鍋（なべ）をかき回していた桃子がこちらを見た。今日は赤と白のチェックのスカーフを三角巾（さんかくきん）にして、ウェーブがかかった髪をまとめている。女性の髪型のことはわからないが、きれいな布で髪をまとめた姿は可愛（かわい）らしい。

一服する？　と桃子がたずねた。

「何か飲む？　宇藤さん」

「ありがとう。でも今は忙しいでしょう」

「そろそろ終わる」

「それなら、手がすいたときにお願いしていいかな」

もちろん、という声を聞いて、宇藤は再び資料に戻る。

演劇鉄板屋・時雨と桜井義秀のインタビューの仕事を引き受けると、きしだ企画から大量の資料が送られてきた。中身は演劇屋花嵐についての詳細と、桜井義秀がこれまでに受けたインタビュー記事だ。

文字を読むのは得意だが、年が近い人物のサクセスストーリーを読むのは複雑な気分だ。難しい内容ではないのに、読んでもすぐに記憶が薄れてしまう。

仕方なく、今まで読んだ内容を箇条書きで原稿用紙に書いてみる。

桜井義秀は来年、ドラマ、舞台、マンガ、映画、四つの媒体で、平家物語を三人の視点から描く「今様・平家」という作品をリリースする。

ドラマの主人公は牛若丸こと源義経。舞台は武蔵坊弁慶。マンガの主人公はオリジナルキャラクターで、弁慶とゆかりがあり、義経の初恋の人でもある少女を中心に展開する。のちに彼女は平家の姫君に仕えることになり、義経主従とは敵同士の間柄になってしまう。絡み合う三人の運命の結末は、壇ノ浦の合戦を描く映画で明らかになる構造だ。

マンガはすでに人気漫画家と組んだ連載が始まっており、弁慶仕込みの大薙刀を振るう、戦う美少女の主人公が早くも大人気だ。このドラマとマンガは「侍の歴史」という意味の英題で、インターネットを通じて海外への配信も決まっている。

書き終えたら、ため息が出てきた。

四つのメディアを連動させるということは、一つの題材で四本の緻密なシナリオを書き分けるということだ。各作品で主人公の性別も性格も大きく違うのに、短時間でどうやって書いていくのだろう？　制作・脚本部というスタッフがいれば大丈夫なのだろうか。しかしそうしたスタッフとのやりとりも大変そうだ。

　創作の現場に早く立ちたいが、こんな仕事をまかされたら、途方に暮れてしまう。

　そう思った瞬間、苦い笑いがこみあげた。

　何を考えているのだろう？　そんな仕事をまかされるはずがない。

　三十歳前後のこの年は、二十代で頭角を現した人々が大きな仕事につく時期だ。友人の菊池沙里も年明けから念願のプロジェクトに関わることが決まり、転職活動をやめた。先日、実家に電話をしたら、同じ年の従姉妹が子どもを産んでいた。

　二十代前半に頑張った人たちが、公私ともに手応えある仕事に乗り出せる。さぼっていたつもりはないけれど、これまで何の成果も出せなかった自分には、彼らと肩を並べて話をしたところで周回遅れの身だ。

　人は人、自分は自分――。

　目の前に小さなカップが置かれた。顔を上げると、桃子が微笑んでいる。

「なんだか、つらそうな顔してる、宇藤さん。柚子茶をどうぞ」

「柚子茶？　いい香りがするね」

「柚子の香りって、一年の疲れをさっと洗い流してくれる気がしない？」

「そう言われると、そんな気がしてきた」

　器を手にすると、瑞々しい柚子の香りが湯気に乗って運ばれてきた。目を閉じて、柚子茶を味わう。

視覚を休ませると、嗅覚と味覚が鋭くなる。ゆっくりと香りを吸いこみ、甘くほろ苦い柚子茶を舌に転がした。

「とろみが少しあるんだね。おいしい」

「身体を温めようと思って、葛を少し入れたの。甘みは甜菜糖と蜂蜜で。どちらも身体にやさしいよ」

柚子茶を飲んだら、少し心が晴れてきた。

桃子がトマトソースの鍋を再びかき混ぜている。

「佐々木さんが今、仕込んでいるのは、ランチに使うソース？」

「そうなの、今日のパスタに使おうと思って」

桃子が鍋に褐色の液体を入れた。とたんに甘酸っぱいトマトの香りが、猛烈に食の欲望をかきたてるものに変わった。

「また香りの雰囲気が変わったような……」

「宇藤さんは細やかだね。どんな感じに変わったの？」

「むさぼり食べたくなる感じ」

桃子が何かを刻み始めた。リズミカルな包丁の音が心地良い。

「最近、だんだん宇藤さんのこと、わかってきた気がするな。今、入れたのは隠し味のウスターソース。ソース系の食べ物がお好き？」

「力説していい？」

どうぞどうぞ、と桃子が笑った。

「カレー味とソース味がきらいな男はいないよ」

「そこまで好き？　マヨネーズとケチャップは？　お醤油の立場は？」

「どれも捨てがたいけど、カレーもしくはソースの匂いには勝てないね」

「そうなの？　参考にしよう」

女性と話すのは得意ではないが、食べ物の話だと気楽に話せてしまう。そして次々と聞きたいことが現れる。

「佐々木さん……さっき、パスタのソースにウスターソースを入れたって言ってたけど……」

「そうだよ、今日はナポリタンだから和風仕様」

桃子が鍋の中身をかきまぜると、香りがさらに広がった。再び軽く目を閉じ、食欲をかきたてるトマトソースの香りを味わう。

「和風仕様？　ナポリタンって、ナポリ風って意味じゃないの？」

「ナポリタンって実は日本生まれなの。横浜生まれのレシピ」

「そうなんだ……」

そうなのよ、と桃子が木べらを軽く振る。

「諸説あるけど、戦後、進駐軍がケチャップとスパゲティを日本に持ってきたのね。その二つを絡めたものを兵隊さんたちが食べていたのが、始まりだとか。それをナポリタンという名前でおいしく洗練させたのが、粋でおしゃれな横浜っ子って話だよ」

「横浜生まれって聞くと、なんでもおいしそうに感じられるよ」

本当だね、と桃子がうなずいたとき、背の高い男が入って来た。

桜井義秀だ。

いらっしゃいませ、と桃子が声をかける。

桜井が遠慮がちに「こんにちは」と言った。

「どうぞ、お好きな席に」

「その前に……」

桜井が桃子に真摯な眼差しを向ける。先日、カレー店で会ったときと、打って変わって誠実そうな雰囲気だ。

「この前はお騒がせしたね。今日はそのおわびもかねて」

「お騒がせというほどでも……。どうぞお掛けください」

桜井が紫色の小風呂敷に包んだ物をカウンターに置くと、コートを脱いだ。今日は黒地の薄いセーターに同色のパンツを穿いている。純と同様、この人もゆるみのない体型をしており、シンプルな服だとそれが際立つ。

桜井が小風呂敷から長方形の黒い竹籠を取りだした。

「これ、おわびのしるし」

「おわびをいただくようなこと、なさっていませんよ」

「でも塩まかれちゃうほど怒らせたよ」

桃子が差し出された竹籠を桜井に軽く押し戻している。

「いいんです、そんなお気遣いをなさらなくても」

「そう言わずに。ここではもう志藤を誘わないから、純粋に客として来てもいいかな。これは差し入れ。常連が旅行に行ったときのおみやげとでも思って、気楽に受け取って」

桜井が頭を下げて差し出す。受け取るまで頭を上げる気はないようだ。

困った桃子が竹籠を受け取った。

「それなら……お言葉に甘えて」

「よかった、じゃあ座ろう。お菓子なんだよ、仕事中にでもつまんで」

「素敵な籠ですね、あっ、可愛い」

籠を開けた桃子が、小さな最中を指でつまんだ。

「鈴の形をしてる。可愛いサイズですね」

「すず籠って名前の品。一口で食べられるから、仕事中も食べやすいよ」

「うれしい。ありがとうございます。でも意外な組み合わせですね……桜井さんと可愛い最中」

「どうして？」

桜井がくつろいだ様子で片手でほおづえをつく。

「俺は歴史物の書き手だよ。和菓子と相性良さそうでしょう？　この最中で、この間のことは『もう、なか』ったことにしてね」

えっ？　と桃子が小さく聞き返した。

「今の洒落？」

洒落というより、駄洒落だ。しかし桜井の声で言われると、駄洒落もお洒落に聞こえてしまう。

「そうだよ。だから最中は俺のおわびの定番」

「定番になるほど、おわびをしているの？」

ほおづえをついたまま、「まあね」と桜井が恥ずかしそうに笑った。

「ごめんなさい、失礼なこと言って。さて、何になさいます？　お食事でしたら、今日のランチはナポリタン。もうひとつは鶏肉のトマトソース煮です」

「いいね。ナポリタン。クリームソーダも飲みたくなる」

「できますよ。普段はないんですけど、今日はご常連様のリクエストで、ご用意があります」

いいねえ、と桜井が顔をほころばせた。

「それならナポリタンとクリームソーダ。今日はちょうど昭和の喫茶店気分だったんだ……っていうほど昭和のことを知らないけど」

「ナポリタンってたまに猛烈に食べたくなるんですよね」

気が合うね、と桜井がほおづえをつくのをやめ、桃子を見た。

「神保町に仕事をさぼるのに最適な茶房があってさ。そこに行くと、いつも名物のナポリタンとクリームソーダを頼んでしまう」

桃子が顔を輝かせて、店の名前を言った。

「私も大好きです。山小屋風のあのお店ですね。私はナポリタンと生イチゴのジュースの組み合わせ」

桃子と桜井がどこの店の話をしているのかわからず、宇藤は黙って原稿用紙を足元の紙袋に入れる。

桜井に挨拶(あいさつ)をしようと思ったが、桃子と話している雰囲気があまりに良くて、割って入りづらい。それでも二人きりではないことを、それとなく桜井に伝えるために、大きめに物音を立ててみる。

生イチゴジュース……と桜井がつぶやいた。

「結局クリームソーダにしてしまうけど、毎回、少し悩むんだよね。関西に帰るとフルーツジュース……ミックスジュースって呼ばれているんだけど、それをよく飲むものだから、生イチゴジュースにも猛烈に惹かれる」

ミックスジュース、と桃子の声がはずんだ。

「あのとろっとした感じのジュース？　あれは何でできているのかな。バナナ、みかん、アプリコット……それに牛乳？」

「研究してよ。それで再現して。そしたら俺、毎日必ず飲みに来る」

「桜井さんの大好物なんですね」

その桜井って呼び方、と桜井がいたずらっぽく笑う。

「よかったら名前で呼んでよ。俺もモモちゃんって呼んでいい？」

「ギシュウさんとお呼びするんですか？」

「ヨシヒデでもいいよ。むしろそう呼ばれたい気がするな、モモちゃんには」

桃子の困った顔を見て、「佐々木さん」と宇藤は声をかける。たいして用はないが、桜井の押しの強さに抗いたくなってきた。

そもそも、さきほどから音を立てているというのに、気付かないのか、気付かぬふりをしているのか。桜井の声が先日聞いたときより甘いのも腹立たしい。

「ごめんね、お水、いいかな」

「もちろん。柚子茶をもう一杯いかが？　それともそろそろお食事にする？」

「食事は、いいです」

本当は今すぐナポリタンを食べたい、できることなら大盛りで。

薄い玉ねぎ、ピーマン……桃子が作るナポリタンに入るのはウインナーかハムかベーコンかわからないが、どれが入っていてもおそらく確実にうまい。

食の欲望をかきたてるトマトソースを絡めた具と、通常より柔らかめなナポリタンの赤い麵。これをフォークにたっぷり巻きまくり、心ゆくまでナポリタンをむさぼり食べたい……。

しかし、桜井が繰り広げる甘いトークを聞きながら、食事をするのはつらい。

二人連れの女性客が入ってきた。それを見て心が決まり、宇藤はスマホをチェックする。

「佐々木さん、急な連絡が来たから、外に出てきます。今日の昼ご飯はいいです」

本当は何の連絡も来ていない。ただ、この場を立ち去る口実がほしかった。

「そこにいるのは、宇藤君？」

桜井の声がしたので、宇藤は立ち上がる。

「ご挨拶しようかと思いましたが、出そびれてしまって」

「その席って、瑶香さんの席でしょう？」

新たな客に水を出しながら、桃子が答えた。

「昼間は宇藤さんの席なんですよ」

「へえ……いいな。ところで宇藤君、空開から連絡が行くと思うけど、検討しておいてね」

「取材の件ですか」

別件だよ、と、桜井がつぶやく。

「いい返事を待ってるから」

ポケットに入れたスマホが軽く振動した。バール追分を出てからチェックすると、晴海空開からメールが入っている。

さっそく読むと、演劇屋花嵐の制作・脚本部へ就職しないかという誘いだった。正社員として採用したいとの言葉に宇藤は驚く。なによりも驚いたのは給与の額だ。二十七歳の男としては申し分ない……というより、かなりの高給が提示されていた。


「それで……行くんですか？　花嵐に」

靖国通りを見下ろすビルの五階にある、とんかつの店で純が聞いた。

窓に面したカウンター席に座り、宇藤は純とともに目の前の街頭ビジョンを眺める。

「さっき来たばかりのメールだし、すぐには気持ちが決まらないよ」

今から十分ほど前、最近日課にしている散歩のコースを歩いて靖国通りに出ると、マスクをした青年が向かいから歩いてきた。背筋がのびて、歩き方がとてもきれいだ。近づいてくると、伊藤純だった。

純君、と声をかけると、何をしているのかと聞かれた。

散歩と昼ご飯だよ、と答えて、同じ質問をすると、純も昼食を取るところだったらしい。目の前のビルを指差し、「一緒にどうですか?」と誘われ、驚いた。先日の見舞いの礼に、ごちそうするという。

お礼をされるほどのことではないと言ったが、あの日以来、純とあまり話していない。固辞するのもためらわれ、二人でこの店に入った。

純によると、この店は「とんかつ茶づけ」が有名らしい。純ととんかつ、とんかつとお茶漬け。どちらも意外な組み合わせだ。

さっそく純とともに、とんかつ茶漬けのセットを頼む。しかし会話はそこで途切れてしまった。気まずいので、晴海空開から来たメールの話をしてみる。すると、純が興味を示した。

スマホを出し、宇藤は空開からの連絡を再び見る。

「正社員として採用って書いてあるんだけど、僕は演劇屋花嵐が会社組織になっていることにも驚いたよ」

「主宰はそういう主義の人だから」

「主宰って桜井さんのこと？」

純がうなずき、お茶を飲む。

「劇団という起業をした、というのが主宰の口癖ですから。それゆえに花嵐は色物って言われていますけど。その話、ギャラはいいんですか？」

「ギャラ？　給料ってこと？　それが、かなりいいんだ……。僕の経歴では、どこに中途採用されても、こんな待遇はたぶん受けられないよ」

「宇藤さんの経歴って、そんなに悪いですか？　僕から見ると、贅沢を言っているなと思いますが」

突き放した口調の冷たさに何も言えずにいると、とんかつ茶漬けの定食が来た。

円形の鉄板の中央に肉厚のとんかつが置かれ、その上に刻み海苔をのせたキャベツ炒めがこんもりと盛り上がっている。かつにはすでに醤油だれがかかっており、鉄板で熱せられたたれが小さな音を立てていた。

食べ方が書かれた紙を、純が差し出した。最初は普通にとんかつを食べ、最後にご飯の上にとんかつをのせてお茶漬けにするとうまいそうだ。

「とんかつ茶漬けって初めてだ」

「僕もここで初めて食べました」

「どこで知ったの？」

「大事な人から教わって」

「純の大事な人とは誰だろう？　気になるが聞きづらい。

「このかつ、おいしいね。醤油味のたれ……やばい、このさっぱりした感じ、すごく好きな味だ」

ついさっき、カレー味とソース味について桃子に力説したばかりなのに、鉄板で温まった醤油の匂いをかぐと、箸が止まらない。

純がとんかつに箸をのばす。

「僕は定番の醤油味が好きですけど、にんにく生姜醤油も辛子醤油もおいしいですよ。かつにしみた、たれがお茶漬けになると、また少し風味が変わるんです」

「とんかつはソースが一番って思っていたけど、醤油もいいね」

純が笑った。初めて屈託なく笑う顔を見た気がする。

「ここのキャベツも好きなんです。火が通ったキャベツは食べやすい」

「僕もそうなんだけど、純君も食べ物の話はするんだね」

純が黙った。せっかく打ち解けた雰囲気になったのに、よけいなことを言ってしまった。

黙々と肩を並べてとんかつを食べる。沈黙に耐えられなくなり、宇藤は外を指差す。

「ここ……景色もいいね。通りが見下ろせて、街頭ビジョンが近い。僕は田舎の子だから、アルタとかユニカとか、あとは南口のフラッグスビジョン？　大きな屋外ビジョンを見ると、東京っぽいって思うよ」

純が正面のユニカビジョンを眺めた。

「このビジョンは国内最大級らしいですよ」

「道理でね。信号を待つときにいつも見上げてしまう。夜は特に。三つのビジョンに映っているものを見ると、これが今の日本の最新情報で、自分は日本のまんなかにいるんだ、って気がする」

街頭ビジョンにはロックバンドの新譜の情報が流れていた。活気あるライブの映像が新宿の空を鮮やかに彩っている。

純を見ると、うまそうに味噌汁を飲んでいた。会話は再び途切れたが、その様子を見ると気まずさが薄れてきた。

くつろいだ気分で、とんかつにのせられたキャベツを食べる。かつの油分がキャベツに照りを添え、醤油だれもしみてうまい。

純がご飯の上にとんかつを二切れ置くと、キャベツと香の物を添えた。そこに急須のお茶をゆっくりと注ぐ。その仕草の上品さに、演劇屋花嵐という劇団が研究生という名目で、厳しい訓練と競争の期間を設けていることを思い出した。

資料によると、研究生のうちは授業料が必要で、その期間中は茶道や着付け、居合いや剣舞、歌やダンスなどの稽古(けいこ)があるようだ。それらの総合成績は三ヶ月に一度、公式サイトで公開され、最下位を三度続けると、研究生を辞めなければならない。

なんですか？　と純がつぶやいた。

「じっと見てましたけど、僕の手に何か？」

「きれいな動作だな、と思って。……さっき、花嵐は色物と言われるって話をしてたけど、僕がきしだ企画さんからもらった資料では、そんなふうには言われていなかったよ」

「そういう資料を選んで岸田さんが送ってきたんでしょう」

純がお茶漬けを数口食べたあと、一瞬微笑んだ。それを見て、宇藤もご飯にとんかつをのせ、香の物を置く。純がしたように、ゆっくりとお茶をそそいでから口に運んだ。

醬油だれとお茶が混ざった味は吸い物のようだ。その汁をまとって、衣がゆるくなったとんかつを食べる。初めての食感だが、ほっとくつろぐ味だ。

「汁気のある、やわらかいとんかつもいいもんだね」

「最初はサクサクしたかつ、お茶漬けにするとやわらかなかつ。二種類を食べられるのがいいって、教えてくれた人は言っていました」

「その通りだね」

純の目が少しなごんだ。話しかけやすくなったので、言葉を選びながら、宇藤はたずねる。

「純君、そういう資料を選んで、岸田さんが送ってきたってのは、どういう意味？　実は僕、桜井さんのインタビューの仕事を受けてしまって。今、必死で勉強してるところなんだ。もしよかったら、劇団のことを教えてくれない？」

純がお茶漬けをさらさらとかきこんだ。若武者が湯漬けを食べているかのようだ。

「花嵐が人気が出たきっかけってご存じですか？」

「女性向けのオンラインゲームが原作の舞台、だっけ。ゲームで声優を務めた人が、舞台でもその役を演じたってのは読んだ。みんな、イケメンなんだよね」

当然です、と純が箸を置いた。

「だけど劇団が一気に潤って、会社組織にまでなれたのは『恋紅屋投票』のおかげです」

「それもちらっと読んだ……」

恋紅屋投票とは、口紅とマニキュアを使った役者の人気投票だ。

桜井義秀の父親は化粧品の製造会社を営んでいる。その縁で、研究生から正式なメンバーに昇格すると、桜井の実家で製造している口紅とマニキュアのなかから、一人一色のイメージカラーが選ばれる。

化粧品のケースに役者の名前を入れたその製品は、公演の会場やインターネットなどで販売され、それらの年間売り上げの上位三位までが、翌年の夏の公演で良いキャスティングをされるというシステムだ。

頭の中にある情報を整理して純に伝える。

間違ってはいませんね、と純が淡々と答える。

「きれいに説明すればそうです。ちなみに研究生は、それぞれのシンボルマークの花の名前をケースに刷ったリップクリームと、マニキュアのベースコートを売る。年間売り上げのトップは夏の公演に参加できます」

食事を終えた純が、お茶を飲んでいる。食べるの早いな、と思いながら、宇藤はお茶漬けを食べる。

「さらにもっと突っ込んだ話をすると……」

少しためらったが、純が言葉を続ける。

「これらの商品はネットでも売っていますが、公演終了後の販売では『恋紅料』が付いて五百円高くなる。その代わりメンバーや研究生、本人たちから口紅やリップクリームは下唇だけ、マニキュア類は小指だけ塗ってもらえるんです」

「下唇と小指だけってのが、よくわからない。なんだか、ケチだね」

「小指と下唇は手早く塗れる。でもそれだけが目的ではなく、つまり……手を出してください」

純に右手を差し出すと、下から手をとられた。

「ダンスに誘われるみたいだ」

そうです、と純が空いた手で小指の爪を撫でる。甘く、ぞくぞくした衝撃が身体に走った。

「小指にマニキュアを塗るために、役者がファンの手にやさしく触れる。ファンからすると、目当ての役者から宝物のように手に触れられる一瞬が得られるわけです。その証は小指に美しい色や艶として残る。口紅は……」

純がポケットからスティック状のリップクリームを出すと、椅子から軽く腰を浮かし、あごの下に手を伸ばしてきた。やさしく顔を上に向けられ、宇藤はあわてる。

「ちょっと待って。キスされるみたい」

そういうことです、と純が下唇にリップクリームを塗る。

「たいてい、ここでみんな目を閉じる。目を閉じて、口紅やリップクリームを塗られることで、好きな役者とキスの疑似体験ができるわけです」

「純君のリップクリーム、スースーするね」

見上げた純の顔が曇った。

「僕が塗って、そんな反応した人は初めて。こんなに目を見開かれたのも」

「ごめん、閉じればよかったのか」

差し上げます、と純がリップクリームを差し出すと、座り直した。

「まだ使ってないから。たくさんあるんです。上唇は自分で塗ってください」

「えっ、またスースーするの？」

「文句は主宰の実家に言ってください。もう一つ重要なのは、こうした唇や爪の化粧品の売り上げ利益は花嵐と役者の折半ということです」

純から受け取ったリップクリームを宇藤は見る。恋紅屋のロゴのうしろに、夏椿という文字が書いてある。

「この夏椿というのが純君のシンボルマーク？」

「そうです。売り上げの識別番号みたいなもの」

「……ということは、好きな役者や研究生の生活を応援しようとしたら、その人のイメージカラーや識別番号がついた化粧品をたくさん買えばいいわけ？　パトロン気分で毎月応援買いをしたくなるね」

そういうことです、と純がかすかにうなずく。

「熱心なファンの買い支えで役者も劇団も潤い、ランキング上位になるとキャスティングも良くなる。利益折半の話は外には明かしていません。でもコアなファンはみんな知っている。これが恋紅屋投票の内情です」

「そういう仕組みなんだ。人気投票というより、よくできた……」

集金システム、あるいはビジネスモデルと言いかけ、宇藤はやめる。

純が自分の手に目を落とした。

「こうしたアイディアのおかげで役者は劇団の活動だけで暮らせるし、ステップアップを目指して、レッスンを積む余裕もできる。それでも、こういうやり方を面白く思わない人も多い。色物と言われる理由です」

目を伏せたまま、「宇藤さんは、どうするんですか」と純が聞いた。

「実は僕、肝心の芝居を見ていないんだ。映像資料がまったくなくて。桜井さんの作品を知らないまま、インタビューに行くのも怖いと思っているのに、その制作現場に就職だなんてもっと決められないよ」

「見れば気持ちが決まるんですか？」

「わからないけど……ただ、純粋に知りたい。どんな構造を持った作品で、どんな会話があり、どんな形でストーリーを展開させているのか」

お茶漬けを食べ終えると、満足の吐息が出た。話は決して明るくないが、食事が充実していると、多少のことは耐えられる。

「僕の話ばかりしたけど、純君こそどうするの。桜井さんは、いるだけでいいから、帰ってきてほしいって言ってたよ」

「なんでそんな話を宇藤さんに」

「僕も同じことを思った。でも、桜井さんはすごく困っているみたいだ……。純君をとても頼りにしているようだったよ」

「それは宇藤さんも同じでしょう。さらに言うなら、プロの脚本家になるなら、コンクールで賞を取ってデビューをするより、主宰のところで修業したほうが確実じゃないですか」

たしかにそちらの方が人脈も広がり、良い形で世に出られるかもしれない。コンクールでデビューの道が開かれるのは、受賞者一人だけ。たとえ最終選考に残っても賞を逃したら、翌年、再び一次選考から勝ち上がらなければいけない。賞の選考基準も点数が出るものと違い、その年の選考者の好みや得意分野によって運、不運がある。

プロのシナリオライターになりたい。創作をして生きていきたい。そう願っているのに、どうして迷うのだろう。生活の安定をはかりながら、腕を磨く絶好の機会なのに。

「宇藤さんは、花嵐の何を見たいんですか？」

「『武蔵坊弁慶』かな」

純が伝票を持つと、立ち上がった。

「純君、もう行く？　コーヒーでも飲んでいかない？」

純が腕時計を見た。

「これからレッスンがあるんで。宇藤さんはゆっくりしていってください」

「何のレッスン？」

無視をするかと思ったが、「ヴォイストレーニングです」と純が答えた。

「純君はまた舞台に復帰するの？」

軽い気持ちで聞いたのを後悔するほど、純が悲しい顔をした。その顔に戸惑い、純が去っていくのを宇藤は見送る。

人気の劇作家と彼が率いる劇団からの申し出。お互い光栄な話なのに、躊躇（ちゅうちょ）してしまうのはなぜだろう。

🍸

三日前、ねこみち横丁の管理人、宇藤輝良に制作・脚本部への誘いのメールを送った。文章だけでは説明しきれないので、近いうちに会って話をしたいと書いたところ、今夜、演劇鉄板屋・時雨で会うことになった。定休日だが、静かに話をするにはちょうどいい。

桜井義秀が好きな最中の包みを持ち、晴海空開は演劇鉄板屋・時雨の裏口に向かう。ドアを開けると、店の事務所兼バックヤードのソファで桜井が眠っていた。毛布がずれていたのでかけなおし、部屋の温度を少し上げる。

事務机に座り、空開は桜井の寝顔を眺める。

桜井義秀とは、演劇屋花嵐の前身である、大学のサークル時代から一緒にいる。もっともこちらは芝居をしたくて留年を続けていた身なので、年齢は桜井より六つ年上、今年で三十七歳になる。

出会ったのは十三年前。当時所属していた、学内でもっとも人気が高かった演劇サークルに入って来たのが桜井だった。歴史と芝居が好きで、弓道が趣味、しかも脚本を書く。好きなものが共通していて、初対面から馬が合った。

やがて彼は整った容姿と人好きのする性格、登場人物それぞれに格好良い見せ場を設けたオリジナル脚本、この三つを武器に、入団してわずかな期間でサークルの中心人物になっていった。そして大学二年の年末、サークル内の実力派のほとんどを引きつれ、自分の演劇サークルを旗揚げした。

仲間内では「桜井の変」と呼ばれたその騒動を支え、その後の実務を回したのは、最古参の自分だ。長年、ともに活動してきた仲間を裏切り、切り捨てた奴だと非難を受けたが、単純に、桜井義秀という才能に魅(み)せられただけだ。

それからずっと桜井とともに過ごし、楽しかったが、苦しくもあった。彼の前にいると、役者としても物書きとしても中途半端な自分を常に自覚させられてしまう——。

桜井が寝返りを打ち、背を向けた。艶のある髪がソファからこぼれ、そこだけ見ると性別不明だ。

宇藤輝良か……。

今夜会う男の名前を、空開は胸のうちでつぶやく。

演劇屋花嵐の制作・脚本部の部員は、オリジナル作品を書き上げると、桜井に見せる。しかし最初の十枚が面白くなかったら、桜井はその先を読まない。最後まで読まれた者は、今のところ皆無だ。

それなのに先日、宇藤輝良の作品は一気に読んで、一応ほめた。それは猫のことだったが、登場のタイミングが良いというのは、この人にとってかなりのほめ言葉だ。

ソファの脇のテーブルで目覚まし時計が鳴った。

桜井が手を伸ばして、時計を探している。代わりに時計を取り、けたたましい音を止める。

「ギシュウさん、起きられますか？」

「もう、そんな時間？」

「原稿、進みました？」

「聞かないで……」

桜井が毛布を頭にかぶった。

「シャワー浴びますか？　着替えはあります？」

下着だけある、と桜井の声がした。

仕方ないな、とつぶやき、空開はクローゼットを開ける。

この店では二十時と二十二時にショウタイムがあり、厨房(ちゅうぼう)やホールで働いている研究生が二十時は剣舞、二十二時には現代もののコントを演じている。クローゼットにあるのは、ショウタイムに使う衣裳（いしょう）だ。

「今日は作業服にしますか。しばらく使う予定もないし、クリーニングから戻ってきたばかりだ」

「空開、あまり目立つものを選ばないで。この前のヒッピーみたいな服は目立ちすぎたよ。俺、中野で職務質問された」

「衣裳なんですから基本、目立つものばかりですよ。だったら着替えをちゃんと持ってきてください」

うん、と生返事をすると、桜井が立ち上がり、シャワールームに向かった。

水音を聞きながら、空開は服にかかったクリーニングのビニールをはずす。

桜井義秀は現在、来年の夏から始まるテレビドラマの脚本を書いている。源義経を主人公にしたそのドラマは日本発のコンテンツとして、世界を相手に大勝負を仕掛けようと意気軒昂（けんこう）……のはずなのだが、まったく原稿が進まない。

芝居と映像は微妙に描き方が違うという点もあるが、何よりもプレッシャーが大きい。

ドラマに先駆けて桜井の原作をもとに連載が始まったマンガは、女性漫画家の巧みなストーリー展開で回を重ねるごとに盛り上がっている。そこで描かれている遮那（しゃな）王（おう）こと、のちの源義経がため息が出るほど美しく、すでに熱狂的なファンがついている。桜井の手を離れて、キャラクターが一人歩きを始めているようだ。

　不調の理由はもう一つあり、そちらのほうが深刻だ。ドラマの主役に予定されている俳優が、桜井のイメージとまったく合わない。主役が彼に内定して以来、創作意欲は下がる一方だ。しかしこれは単に桜井の好みの問題で、俳優の立場を思うと気の毒な話だ。

　桜井にとって源義経のイメージは、BAR追分で今は伊藤純と名乗っている志藤淳哉だ。彼に台詞を読んでもらったり、衣裳をつけてもらえば、創作意欲が上がるのはこれまでの経験上間違いない。ところが退団のときのいざこざがもとで、志藤は桜井と直接会うのを避けている。

　身体がしぼみそうなほど、ため息を連発して、桜井が戻ってきた。

「ギシュウさん、そこに作業服、出してありますから。ちょっと大きいかもしれませんけど」

「大きい分には問題ないよ」

　桜井が服を着ると、ソファに座った。

「マンガの掲載誌が来ていますよ。付箋紙がついているところからです」

「今様・平家」のマンガが載っている雑誌を渡すと、桜井がすぐにページをめくった。

「ベテランって怖いな。完全に話をもっていかれた。マンガの『今様・平家』はもはや俺の作品じゃなく、あの人のものだ」

女性漫画家に原作として渡したものが、最近、二倍、三倍に魅力がふくらんでマンガになっている。それに触発されて、次回の桜井の原作も盛り上がる。二人の相乗効果でマンガが絶好調なのを見ると、ドラマも誰かと組むと、話に弾みがつきそうだ。

「ギシュウさん……ドラマも誰か手練れと共作にしたらどうですか」

「全部、自分でやりたい。組むなら、うちの制作・脚本部でなんとかしたいよ。いやらしいけど、手柄はうちで独占したい」

制作・脚本部の部員は洒落たコントや寸劇は書けるが、連続ドラマを書ける人材はいない。そもそも映像より演劇に関心がある集団だ。

あの子、とマンガを読みながら、桜井がつぶやく。

「あの子と言ったら失礼だな。宇藤氏は長い話を書けるんだろうね。この間の原稿は突っ込みどころはあったけど、連続ドラマの第一回を意識して書いているのはよくわかった」

「続きの話を二つか三つ、用意してそうですよね。……最中、食べます？　お汁粉にします？」

お汁粉かな、と言って、桜井がマンガを読み終え、雑誌を閉じた。

「はあ……腹立つ。今週も面白い。どうしてくれよう。俺の義経がマンガの義経に食われてしまう。やっぱお汁粉、ひたすらお汁粉だ、空開」

桜井の好物は最中だ。お気に入りの最中がある和菓子屋が都内に数軒あり、冷蔵庫にはいつもどこかの店の最中が入っている。原稿が好調だと褒美(ほうび)に最中、不調だと最中を湯に溶いて汁粉にして、ちびちび食べながら原稿を書く。糖分補給をすると、頭の回転が上がるそうだ。

「今日も汁粉ですか。いつ、最中で食べられるんでしょうね」

それよりも、と桜井がカレンダーを見た。

「空開にお汁粉をつくってもらえるのは、あと何回？」

「寂しくなるからやめましょう。でもきっちり後任に引き継ぎましたから、心配はいらないですよ」

最中をひとつカップに入れ、ポットから熱湯を注ぐ。スプーンでかきまわしながら、年末まであと何日あるかを数えた。

ずっと桜井とともにいたが、それも今年限りだ。年明けから家業を継ぐ。実家は祖父の代から続く鉄板焼きの店で、厳選した高級和牛のステーキとワインを出している。これまでは両親と姉が切り盛りしてきたが、半年前から父の健康状態が思わしくない。

戻ってこいと父は言わない。ただ、母と姉が「帰ってきて」と泣いた。

それを見たとき、夢を追うのもそろそろ潮時だと思った。

できあがった汁粉を桜井の前に置く。

カップを手にした桜井が、ため息のように息をふきかけた。

「ようやく大舞台がまわってきたのに……空開がいないと寂しいよ」

顔を見るのがつらくて、桜井に背を向け、空開はクローゼットの整理をする。

ずっと一緒にいたかったけれど、もう無理だ。

やめるなら、今しかない。

「今様・平家」の企画がこれ以上進んだら、自分はもう二度とこの世界——桜井と創る夢の舞台から——抜けられない。


退職の手続きを終え、中野にある劇団事務所から新宿に戻ると、あたりは暗くなっていた。冬至が近いせいか、日が落ちる。そう本当に早い。

今がもっとも夜が長いとき。そう思いながら歩いていくと、店の前で宇藤が待っていた。

「ごめん、待たせて。結構待った？」

「それほどでも。僕が早く来すぎただけです。ただ……今日は定休日なんですね」

「逆に店が休みだからゆっくりできるよ。裏からどうぞ」

裏口にまわってドアをあけると、事務机の上にマグカップが八個載っていた。

「ありゃ……ギシュウさんはこんなにお汁粉食べて、大丈夫なのかな」

「桜井さんがここにいたんですか？」

宇藤が隣に来て、カップをのぞきこむ。どのカップにも底に薄く、あんが残っている。

「あの人、行き詰まると、夜中にここに来て、原稿を書くんだよ。店が終わったあとは芝居がはねたあとみたいで、気分が乗るらしい。今日は店が休みだから、昨日の夜からずっとここにいたよ」

「今はご自宅に？」

「今日はもうあきらめて、家で寝るって連絡がさっき来た。……悪いけど、宇藤さん、残りのカップを持ってきてくれる？」

机の上のカップを五つ持ち、空開は店のキッチンへ移動する。流しにカップを置くと、宇藤が残りの三つを運んで来た。

「桜井さんは、お汁粉が好きなんですね……」

「お汁粉っていうか、最中？　書き悩むと湯を差してお汁粉にしてる。今日は本当に調子悪かったんだな。どうぞ、カウンターに座って」

キッチンとカウンター席の照明をつけ、空開は鉄板に火を入れる。

「何飲む？　追分ほどじゃないけど、ギシュウさんの趣味で、酒はなんでもあるよ」

「大事な話ですから、アルコールは」

「そう言わず、軽く飲もうよ」

「ではジントニックをお願いします」

あと数日で辞める自分の代わりに、桜井に置き土産をしたい。伊藤純こと志藤淳哉か。あるいは桜井の意図を酌んで、ある程度まで脚本が書ける人材——宇藤輝良を。志藤は難しくても、宇藤はその気になるかもしれない。

濃いめにジントニックを作って、宇藤に出す。酔わせて、引きずり込みたい。

宇藤が少し酒を飲み、グラスを眺めた。

「桜井さんでも、書き悩むことってあるんですか」

「もちろんあるよ。波に乗ると速いけど、波に乗るまでが長い。だから結果として遅い」

「そういうときはどうするんだろう」

「お汁粉食べてる。……軽く何かつくろうか。ハルミチーズの料理がいいかな。この間はありがとう。あのチーズはスイートコーンと炒めて、ハルミ・スイートって名前で年明けから店に出すよ。高岡春実（たかおかはるみ）って研究生の持ち料理になるから、よかったら来てやって」

「モチリョウリって何ですか？」

「歌手の持ち歌みたいに、厨房に入っているスタッフそれぞれの名前をつけた料理があるんだ。高岡春実のファンが来てそれを頼むと、確実に彼が調理するっていう料理が」

「よく考えてありますね」

「単純に、好きな人が作ってくれるメシって食ってみたいじゃん。たとえ簡単なものでもさ。こちらだって時間と費用を費やしてくれるファンに楽しんでもらいたいし」

鉄板が温まってきた。オイルを引いて、薄くスライスしたハルミチーズをじっくりと焼く。焼き色が付いたところで、冷凍のスイートコーンを鉄板で炒め、バターを落とす。そこに焼いたハルミチーズを入れてさらに炒める。

二つの皿にわけ、スプーンを添えて宇藤に出した。

「どうぞ、ハルミ・スイート。正確に言えば、ハルミチーズとスイートコーンのバター炒め」

宇藤がコーンとチーズを一匙(ひとさじ)すくって食べると、微笑んだ。

「ミルクの味がふわっと広がりますね。チーズとバターの相乗効果かな」

「いいこと言うね、宇藤さん。高岡に言っておくよ。ハルミ・スイートってどんな味って聞かれたら、そう答えろってね。ますます今度、来てやって。追分の皆さんと一緒に」

「純君はどうかな。来ないかも」

「彼が来たら、客がそっちしか見ないからなあ。じゃあモモちゃんと一緒に」

ハルミ・スイートを食べ終えた宇藤がスプーンを置いた。それから膝(ひざ)に手を置くと、頭を下げた。

「ごちそうさまでした。ところで、この間のお誘いはどうもありがとうございました」

「どう？　悪くないと思うけど。これからうちも大きな仕事を控えているし。映像関係を中心に手伝ってもらえたら」

「僕は応募原稿を書いているだけで、まだ実際にシナリオライターの仕事をしたことがありません。それなのに、どうして？」

「そう固くならずに、飲んでよ」

宇藤が軽く首を横に振る。この話が終わるまで、飲む気はなさそうだ。

仕方なく、グラスに水を入れて出す。

「この間の宇藤さんの原稿、あれ連続ドラマの第一回のつもりで書いてたでしょう。あのあと二つか、三つ、続きの話を用意してそうだ」

「五話分の構想があります……でも」

五話も準備があるのか。予想以上にこの男、できるのかもしれない。

「でも、どうしたの？」

「そこから進まなくて。終わりは決めているのに、主人公の女の子が全然、書けなくて。構想はあっても、書く自信がない。……でも、今はそんなことより、まずは最初の話でコンクールを通過しないと。そこに力を入れないと」

「そういう悩みも桜井のところに来たら、解決の糸口が見つかるかもよ。もともと脚本の世界は、徒弟制度みたいなところがあるんだから」

宇藤がジントニックを飲もうとして、水のグラスに手を伸ばした。

迷っている？　と空開は宇藤の顔をじっと見る。今が押しどころだ。

宇藤君、と、熱っぽく語りかける。中途半端といえど、芝居をかじった身。心を動かす声と表情の修練は積んでいる。

「机の前にいないで、現場に出ようじゃないか。桜井のもとで『今様・平家』を作らないか。大きな舞台だよ。日本だけじゃない、世界に打って出るんだ。クレジットには宇藤君の名前は出ない。桜井義秀と演劇屋花嵐と表記されるだけ」

それでもね、と空開は宇藤の目を見つめる。

「演劇屋花嵐とクレジットされた人物が誰であるかは、一緒に仕事をした人たちはみんな、わかる。だから、この仕事が終わったとき、今度は宇藤輝良に声がかかるだろう。力を蓄え、満を持して、打って出る。それこそが最高のデビューじゃないか」

宇藤がごくりと唾を飲んだのが、傍目にもわかった。

「そのときは逆に君が桜井と劇団を利用すればいい。あれで義理堅い。そこまでしてくれたら、君の作品にうちの役者を貸すどころか、桜井本人が俳優として出るぐらいはやってくれるかもよ。見たくないかい？　俳優の桜井はおっそろしく魅力的だよ、志藤淳哉なんて目じゃない」

「一人芝居で見たいですね」

その言葉に空開は息を呑む。もし、桜井が演じてくれるのなら、彼を主役に一人芝居を書きたいとずっと思っていた。

　僕は……と宇藤はためらいながら言う。

「芝居は書いたことがないですけど、桜井さんが演じてくれるなら、一人芝居を書きたい。桜井さんだけを見ていたいな」

「宇藤君！」

　空開は宇藤の肩に手を置く。この男の感性は、自分と通じ合うものがある。

「俺の話、よく聞いて。君は今、間違いなく、人生の分かれ道に立っている。迷っちゃだめだ、来い。絶対に力がつくから。スタッフとのやりとりも、仕事の進め方も、全部、桜井の成功と失敗をじかに見て学べばいい。彼に才能を捧げるんじゃない。彼を実験台にして君は先へ進めばいいんだ。迷うな」

「ありがとうございます」

　宇藤が肩に置かれた手に触れた。冷たいその感触に勢いを削がれ、空開は手を引っ込める。

「桜井さんと一緒に仕事をしたら、新しい世界が開けると思います。でも、僕は今日、お断りをするつもりで来ました」

　断るつもりで来ても、気持ちがひるがえるのはよくあることだ。宇藤の目をしっかりと見据え、空開は言葉に力をこめる。

「そうか。でも、思い直さない？」

すみません、と宇藤が頭を下げた。

「一人でやっていこうと思います」

「どうして？　こんなチャンスはないよ？」

「正直、ものすごくいい話です。力がつくのもわかる。ただ……、桜井さんの下に入ったら、僕は一生、桜井さんに頭が上がらない」

なぜかわからないけど、と宇藤の声が弱々しくなった。

「僕は桜井さんと並び立ちたい。どんな相手とでも、ひるまずに肩を並べて立てるようになりたい。すごい才能の人だと、わかっています。でも僕は……誰かの作品を作るんじゃなく、遠回りでもいいから、一つずつ自分の力を磨いて、僕にしか書けないものを書いてみたいんです」

「ああ……そう」

がっかりしながらも、仕方がないという気持ちがこみあげる。

自分の心の奥深くに、よく似た思いがある。桜井とともに過ごした日々に微塵の後悔もない。しかし、もし、もう少し力があったなら、自分にしか書けない作品で、舞台を作ってみたかった。

飲むか……。

グラスに氷を詰め、シェリー酒を注いで、トニックウォーターで割る。

菜箸で飲みものをかき回して、空開は一口飲む。

「困ったなあ……今日は宇藤さんを説得するつもりで誘ったのに。今の答えに妙に納得している自分がいる」

「すみません……」

「いや……気持ちはわかる。わかった。とりあえず飲んでよ、潰れてもちゃんと追分まで送ってあげる。飲もう、宇藤君」

宇藤がジントニックのグラスに手を伸ばした。そのグラスに、空開は自分のグラスを軽く当てる。

「乾杯。宇藤、よく言った、なんて思ってたりもする……なんでだろうな？　酔ってるわけでもないのに」

宇藤が恥じ入るように、うなだれた。

「身の程知らずなことを言っていると思います。桜井さんの資料を見ると、ただ、ただ、圧倒される。僕ぐらいの年のときにはすでに、優れた作品をどんどん世に出して、会社まで作って」

劇団という起業をした、と桜井は言っていた。芝居のために何もかも捧げるのではなく、芝居をすることで豊かになろうと。その潤いが次の良い舞台を生むのだと――。それゆえに自分たちが作り上げた舞台を中心に、さまざまな経済活動を行ってきた。それは利益をもたらしたが、敵も多い。

「……とは言え、宇藤さんとは微妙にジャンルが違うからね。芝居と映像、時代ものと現代もの。くらべようがないよ。そんなこと言い出したら、結局、一本もまともな脚本(ホン)を書けずにやめる俺は悲しくて泣いちまう」

「やめる？　制作・脚本部をやめるんですか？」

　宇藤がグラスをカウンターに置いた。

「脚本部をやめるというより、退団？　会社だから退職か。親父(おやじ)が調子よくないんでね。実家の店を継がなきゃ」

「何のお店ですか？」

「鉄板焼き屋。横浜だから遠くはないけど、二足のわらじを履けるほど近くもない」

「だからここも鉄板焼きのお店なんですか」

「ちょこちょこ実家を手伝っていたからさ。少しはカンがあるし、ここの計画が持ち上がったとき、親父がずいぶん便宜をはかってくれて。その恩返しもあるかな」

　宇藤がグラスを飲み干した。すぐに新しいジントニックを作り、カウンターに出す。

「そうですか……空開さんはおやめになるんですか」

「俺もいろいろ書いてはみたけど、結局、そのまんまじゃ一回も採用されなかったな。アイディアや台詞は使ってもらえたけど。……夢を追っても、いつかはやめるときがくるんだよね」

宇藤が一気にグラスを飲み干した。

「そんな飲み方をしたら酔いが一気にまわる。宇藤さん、水を飲んで」

宇藤が大きく息を吐き、水を飲んだ。

「明日が我が身って顔するなよ。俺の年までまだ十年あるから」

「なんでそう思ったんです？」

わかるさ。心のなかでつぶやいて、空開は宇藤を見る。桜井義秀という才能の前で、己の無力さをかみしめたのは、宇藤だけではない。

「しょうがないな……。それなら最後に、桜井義秀の右腕として、宇藤さんにアドバイスするけど。まず君の脚本ね、ト書きが長い。あんなにいちいち丁寧に描写をしなくても。それからあの主人公を陰で支えるファンタジーオタクの青年。あれは志藤をイメージして書いたでしょ」

「純君をイメージしたわけでは……」

「そうなの？　オタクで変わった子だけど、あれは面白いね。志藤にやらせたい。天然がウリの女子高生より、志藤淳哉が演じるオタク青年をもっと見たい。ギシュウさんは、わざと無視して猫をほめたけど」

「無視？　どうしてですか？」

「オタク青年が出ている箇所はいきいきして、実によく書けていたから。イラッとしたんだよ。ミューズを横取りされて」

「ミューズ？　なんですか、それ」

「芸術の女神。イメージモデル？　たとえばエリザベス・テイラーに着せると考えると、ゴージャスなドレスのデザインがチャッチャとデザイナーの頭に浮かぶってやつ」

「つまり当て書き？　演じる俳優をイメージして書くことですか」

「そういうこと。ギシュウさんはそうやって書く人だから。今、書いている作品は志藤がイメージにぴったりなんだよ。宇藤さんは当て書きしないの？」

「具体的に誰というイメージはないです。そういうのは逆に駄目かと思って」

宇藤の顔に赤みがさして、軽く身を乗り出してきた。

「あの……いまの書き方では、駄目なんでしょうか？」

「いや、駄目とか、そういう問題じゃなくて。俺が単に志藤で見たいだけ。それにこのオタク青年が主人公のほうが、宇藤さんは感情移入しやすいでしょ、違う？」

「感情移入、ですか。僕はそういうのはあまりしないんです」

「冷静すぎるよ。志藤……伊藤純と言った方が宇藤さんのイメージかな？　彼の声と身体を持ったら、この青年はどんなふうに動く？　周囲の反応は？　イメージ浮かぶだろ？

ワクワクしてこないか？」

宇藤がカウンターにひじを突くと、楽しそうに笑った。心のなかに映像が浮かんでいるようだ。

「面白いな。純君だと思うと、やたらエピソードが浮かぶ」

宇藤が笑い出した。

「逆に、それをしなくて、宇藤さんはよく今まで書けたね」

宇藤の笑いが消え、不安そうな顔になった。

「そういうことを自在にできないと、やっていけないんでしょうか？」

「どうだろう？　でも今、知ったから試してみれば」

カウンターに突いていたひじを戻し、宇藤が姿勢を立て直した。しかし不安そうな顔のままだ。

酔ってるな、とその顔を見た。

酔いは楽しさを倍増させる。しかし体調やそのときの心の状態によって、不安感を増すこともある。最初に作った一杯が濃すぎたのだろうか。それとも宇藤は酒に弱いのだろうか。

「宇藤さん、ギシュウさんと肩を並べたいなら、もう一つアドバイス。あの人、すごく酒が強いよ」

そうですか、と悲しそうに宇藤が言う。

「僕、あまり強くないんです」

「いや、俺も実は強くない。そうかといって桜井義秀と飲んでる途中で、ウーロン茶を頼むのいやじゃない。負けた気がして」

宇藤が張り子の虎のようにうなずいている。

「そこは負けたくない。だったら最初から最後まで、シェリートニックで通せ」

「シェリートニック？」

「ジントニックのジンをシェリーに代えるだけ。俺は昔からずっとそれ。飲んでみる？」

飲んでいたグラスを渡すと、軽く一礼して、宇藤がグラスに唇をつけた。

「あ、本当だ。軽い」

「だろ？　シェリー酒は軽いから、何杯飲んでもひどくは酔わない。だから毎度毎度、酔いつぶれたギシュウさんを家に送って、靴脱がせて、ベッドに放り込むことができるわけ」

「負けたくないときは、シェリートニック？」

「そう、どれだけ酔っても頭が働く。銘柄は何かと聞かれたら、ティオ・ペペと言えば間違いなし。ペペ叔父さんって意味だよ。覚えた？」

「覚えました。ペペ叔父さんに頼ればいいんですね」

「そうだよ、叔父さんに頼れ。しかも嬉しいことに」

嬉しいことに？　と宇藤が笑顔になった。酔うと、可愛い男だ。

「ティオ・ペペはうまい」

「シェリー酒、ナイス！」

「本当にナイス。わかった、就職の件は責任を持ってギシュウさんに伝えておく。……なんだか腹減ってきたね。俺の得意料理を食べる？」

「得意料理？　なんですか？」

「ナポリタン。真っ赤なやつ。情熱のナポリタンって名前で店に出している」

いいですね、と宇藤が嬉しそうに言う。

「ほら、シェリートニックを飲みな。姿勢崩してくつろぎなよ」

スパゲティを茹でたものを、空開は冷蔵庫から二玉出す。ナポリタンを作るなら、スパゲティはやわらかいほうがいい。これは昼間に茹でたものを水洗いして、冷蔵庫で寝かせておいた。この一手間で麵が伸び、ソースが絡みやすくなる。

ボウルにケチャップとウスターソース、そして、とっておきの発酵調味料を入れてかきまぜる。

「空開さん、その小瓶は何ですか？」

「かんずり、っていう、赤唐辛子と塩と糀と柚子で作った発酵調味料。ピリッと辛いが、発酵食品だから味に広がりが出る。ソースに奥行きが出るんだよ」

「奥行きですか。人間も奥行きが出ると、立体感を増しますよね。僕は何を言ってるんだろう？　言ってはみたけど、意味がわからないよ」

「いや、言わんとすることはよくわかる。宇藤さんは酔うと面白いな」

鉄板に油を引き、用意しておいたチョリソーと薄切りの玉ねぎ、ピーマンを炒める。そこに麺と少量の水を入れ、塩、胡椒（こしょう）でさらに炒めた。ボウルのなかの特製ケチャップソースを入れて、さらに炒める。

シェリートニックを飲みながら、宇藤が目を輝かせてナポリタンを見ている。酔いと鉄板の熱で、赤みを帯びた顔は若々しく、昔の自分を見ているようだ。

ねえ、宇藤さん、と、素直な声が出た。

「俺は別の道を行くけど、頑張れよ」

鉄板を見ていた宇藤が、顔を上げた。その顔に笑いかける。

「明日のことなんて誰にもわかんない。ギシュウさんだって、これからでかいヤマを張るけど、勝つか負けるかはわからない」

明るい朱色に染まったナポリタンにタバスコを注ぎ入れ、さらに炒める。

続いて、背後にあるコンロに丸い鉄板を置き、火をつけた。

「……それでも待てば海路の日和あり。あきらめ悪けりゃ、粘り勝ちする日も来るだろう。

あの人は勝つまで絶対に手を緩めない。だから、ここまで来たんだ」

そして、みんなが魅せられた――。決してあきらめないその姿勢に。

背後のコンロにかけた鉄板に油を引き、空開は溶き卵を流し入れる。

「一人で書くと決めたなら、宇藤さん。ぐだぐだ迷うな、考えるな、ひたすら書け。すべてを突破するのはあきらめの悪さ。言い換えれば情熱さ」

「情熱、ですか」

「ほらできた。ヤケドしそうに熱い、情熱のナポリタンだ」

焼き上がった薄焼き玉子の上に辛口ナポリタンを置く。黄色い玉子と赤いナポリタン。赤も黄色も力強く、怖じ気づく心を奮い立たせてくれる。

鉄板を木製の皿に載せ、宇藤の前に出す。

「たくさんありますね」

「ナポリタンは大盛りで食いたくない？」

「たしかに！」

武器を授けるように、空開はフォークを差し出す。

「さあ食え、宇藤さん。情熱、情熱、灼熱の情熱さ。挑戦者は遠慮をするな。何もかも食って呑んで打ち倒して、自分の世界をおっ立てればいいさ」

勢いよく宇藤が食べると、顔いっぱいに笑った。

「辛い、うまい、おいしい！」

宇藤の笑顔を見て、空開もナポリタンを口に運ぶ。

年下の師だった桜井に、置き土産を残せなかった。

でも、いいか、と空開は笑う。結局、宇藤も桜井も挑戦者なのだ。たとえ徒手空拳になろうとも、ひたすら前に進むだろう。

情熱。すべてを突破する情熱を。

むさぼるようにして辛口のナポリタンを食べる。唐辛子の刺激に心が燃え上がる。

年が明けたら、一から始める新生活。

自分もまた、新たな世界への挑戦者だ。

🍸

空開からのアドバイスが心の深いところにすとんと落ちた。欠けていた箇所に何かが埋まったような、施錠されたドアの鍵(かぎ)を見つけたような気分だ。

コンクールに出す作品は、最初から書き直すことにした。

何度も推敲(すいこう)した作品だが、主人公は今の自分にもっとも近く、イメージがくっきりと心に浮かぶ人物に変えた。

二月の締切に間に合うか不安だ。それでもあふれ出るイメージは止まらず、書き直さずにいられない。

原稿用紙を前に、宇藤は再び作品の構成を練り直す。

しばらく集中して顔を上げると、窓の外が暗くなっていた。時計を見ると、午後の五時。

さきほどまでコーヒーを飲んでいた客が帰り、店内は桃子と二人きりだ。

桃子がカウンターから出てきて、小さな陶器のクリスマスツリーをドアの近くに置いた。

緑のツリーに色とりどりのリボンがかかった、十五センチほどの焼きものだ。

「可愛(かわい)いね、そのツリー」

桃子が振り返った。

「先月、自然薯をくださった清水さんからのプレゼント。昨日、バーにいらしたの。ご兄弟で」

「あのとろろ飯は絶品だったね」

「また来年、持ってきてくださるって。うれしいね」

桃子がカウンターの内側に戻ると、コーヒーを淹れ始めた。

「宇藤さん、私、コーヒーを飲むけど、いかが？」

「ありがとう、いただきます」

万年筆のキャップを締め、書いた原稿を整理する。

桃子がカウンターにコーヒーを置くと、軽く首をかしげた。

「ねえ、宇藤さん。前から不思議に思ってたんだけど、宇藤さんの原稿用紙って変わってるね」

「そうかな?」

うん、と桃子がうなずく。

「縦長だし……碁盤の目みたいだし。原稿用紙って、読書感想文を書くときに使った、横長のあれしか見たことがない」

「あれは四百字詰めなんだ。僕が使っているのは二百字詰めの原稿用紙」

「文字数が半分なんだ。だから縦長なんだね」

「脚本のほかには新聞や雑誌の記者も使ってる。なぜかわからないけど、二百字のこの原稿用紙はペラって呼ばれているんだ」

「見せて見せて」

何も書かれていない原稿用紙を渡すと、桃子が珍しそうに見た。

「おお、プロの原稿用紙って感じ。感想文を書いてたあれは学生用なんだね」

「学者が論文を書くときも使うらしいよ。あとは詩人と小説家。最近は、パソコンで原稿を書くけど、その量をあの人たちは、四百字詰めの原稿用紙で換算して三十枚とか、五十枚とか計算する。同じ量を僕らはペラ六十、ペラ百枚と数えるけど」

「どうして違うの？」

おそらく……と宇藤はコーヒーを飲む。

「新聞や雑誌の記事は現場の状況に応じて書き直すときがあるよね。横長の四百字だと、左側の二百字だけ直せばよい場合でも、右側の二百字から書き直さなければいけない。最初から二百字にしておけば、そういう悩みがないというか……」

「脚本は？」

「脚本も俳優や監督の事情で、そのつど書き直すことがあるらしい。みんなで一つの作品を作り上げるときは二百字。すべて一人で作るときは四百字なんだと思うよ」

そうなの、と桃子が原稿用紙を眺めた。

「いろいろあるんだね。原稿用紙なんて、ここ数年見たことがなかった」

「佐々木さんが今持っているペラ一枚で、三十秒って計算なんだ。一分のシーンはペラ二枚。ドラマも映画も決められた時間内に書かなきゃいけないから、この一枚にいろいろな工夫を詰めるというか……」

魂をこめるんだ、と言いかけて、照れくさくなってやめた。

「へえ……でもドラマは時間が決まってるけど、映画は自由でしょ」

「聞きかじりだけど、映画はだいたい二時間以内におさめるらしいよ」

「時間が決まってるの？」

「たとえば八時間、映画館のスクリーンを使えるとして、二時間の映画なら三、四回上映できるけど、三時間だと二回しか上映できない。そういう事情で」

なるほど、と桃子が腕を組んだ。

「でもお話によっては、長く書きたいときもあるわけでしょう」

「それを短く書くのが技術というか……。それに映画は監督のものだから、長くなったら監督たちがうまい具合にカットするそうだ」

二百字と四百字か、と桃子がカウンターの内側で手を動かし始めた。

「私はどっちの原稿用紙かな。一人で作るから四百字だけど、お野菜を送ってもらう農家さんの作物によってメニューが変わるから二百字？」

バール追分のドアが開き、宅配便が届けられた。

受け取った桃子が弾んだ声を上げる。

「宇藤さん、柊君から宅配便が来たよ。バール追分様だって」

「大きな包みだね」

包みを開けると、二重になっていた。ピンクの紙で包まれた箱の上に、封筒が貼られている。宛名はひらがなで「うどうさま」とあった。

「宇藤さんへお手紙だ。これは柊君の字だね」

封を開けると、クリスマスカードが出てきた。緑の文字で「うどうくん、めりーくりすます」とある。

桃子に見せると、うらやましそうに笑った。

「いいなあ、いいなあ。私にはお手紙ないのかな、寂しいな」

「この箱は何だろう、開けてみようか」

ピンクの包み紙を開けると、鮭の絵が書かれていた。箱には柊の字で『ももちゃんへ』と書かれた大きな紙が貼ってある。

「うわあ、鮭のお手紙。ありがとう、柊君&ママ！」

箱を開けると、大きな鮭が一尾、丸ごと入っている。立派な新巻鮭だ。

クリスマスカードが入っていた封筒を見ると、もう一枚、薄桃色の便箋が入っていた。

こちらは真里菜からの手紙だ。

「お母さんの手紙によると、柊君もお祖母ちゃんもみんな元気だって。来年はいい年になりそうだって書いてある」

「よかった！　本当によかった。そして立派な鮭だね。村上の塩引き鮭だ」

「新巻鮭とどう違うの？」

「どちらも乾燥させた塩漬けの鮭でおいしいけど、塩引き鮭は塩で漬けたあと、塩分を洗い流す工程があるの。それで塩加減が絶妙なんだ」

「ご飯にのせたらおいしそうだ」

「おいしいよぉ、何杯でも食べられちゃう。ねえ、宇藤さん、写真を撮って。柊君とママに送ろう」

　鮭を持って喜ぶ桃子の写真を宇藤は何枚も撮る。今度は一緒に撮ろうと言われたので、桃子と鮭と並んで座り、スマホで自撮りをした。

　写真を撮り終え、立ち上がろうとすると「宇藤さん」と桃子が言った。いつもはカウンターを隔てて距離があるのに、近すぎて緊張する。それなのに声をかけられると立ち去りがたく、椅子に座り直す。

「何？　……佐々木さん」

「今度、純君と鮭パーティやらない？　この鮭でいろいろなお料理を作るよ、忘年会をしませんか」

「純君がよければ」

「いいって言うと思う。連絡してみるね」

桃子が純にメールを打ち出した。

「純君は豚と鮭が好きだから。それと、デザートに特製小豆バーを作るって言ったら、気の進まなそうな顔して絶対来てくれるよ」

「気の進まない顔はデフォルトなんだね」

「でもときどき楽しそうに笑うよ。それで小豆バーを食べるとすごく幸せそうに……早っ、もう返事きた。ＯＫだって」

「そんなに鮭が好きなんだ……」

「純君はクールだけど、実は食べ物関係に弱いんだよね」

「なんとなく、それは僕もわかってきた」

桃子と並んで笑うと、なつかしい友だちといるような思いがこみあげた。これまで近寄りがたかった純も、自分の作品の主人公を演じてくれたらと考えたとたんに、次々と豊かなイメージが浮かび、彼のぶっきらぼうさに親しみがわいてくる。

「宇藤さん、柊君に贈り物をしない？」

「散歩がてら、候補を考えてみるよ。あとで相談しよう」

「了解、あったかくしてお出かけしてね」

桃子の声を背に、バール追分を出て、宇藤はいつもの散歩コースを歩く。

新宿、午後六時。家へ急ぐ人、街へ出る人が交差する。夜の闇(やみ)を従え、ネオンが輝き、昼とはまるで違う光にあふれた街が動き出す。

靖国通りに出て、顔を上げるとユニカビジョンに桜井義秀が映った。

「今様・平家」について語っている。桜井の左右には、日本を代表する作曲家と映画監督が並んでいた。映画もドラマもその監督が撮るそうだ。

三人の画像の下にテロップが出た。

——鬼才、集結。新感覚時代劇、世界へ進出。

夜空を彩る大画面を宇藤は見上げる。

気付かぬうちに、再び追分に立っていた。もう一つの道を選んでいたら、今頃はこのビジョンの向こう、鬼才たちとともに働いていたのだ。

後悔はしない。

舞台、ドラマ、マンガ、映画。日本のあらゆるメディアを巻き込んだエンターテイメント。どれほど壮大でも、その元になるのは机の上で生まれる原稿だ。

いつか自分もそんな作品を書けるかもしれない。

書き続けていれば、いつかこのビジョンに自分の作品も映るかもしれない。

今はただ、ひたすら技を磨いて、面白いものをつくるだけ。

信号が青になった。横断歩道を渡る足が速くなる。自然と走り出していた。

情熱、情熱、情熱。心のなかで何度もくり返す。

情熱がすべての壁を打ち破る。そうだとしたら、その熱量だけは誰にも絶対負けはしない――。

道は新宿通りに入った。追分のあかりを目指して、宇藤は走り続ける。

街の空気を存分に吸ったら、あの店に帰ってまた書こう。

ＢＡＲ追分。

昼間はバールで、夜はバー。

「お好み焼き大戦」「秋の親子丼」は、ランティエ二〇一六年
十～十二月号に掲載された作品を、加筆・訂正したものです。
「蜜柑の子」「情熱のナポリタン」は書き下ろしです。

ハルキ文庫

い 20-3

情熱(じょうねつ)のナポリタン BAR追分(バールおいわけ)

著者 伊吹有喜(いぶきゆき)

2017年2月18日第一刷発行

発行者 角川春樹

発行所 株式会社角川春樹事務所
〒102-0074 東京都千代田区九段南2-1-30 イタリア文化会館

電話 03(3263)5247(編集)
03(3263)5881(営業)

印刷・製本 中央精版印刷株式会社

フォーマット・デザイン 芦澤泰偉
表紙イラストレーション 門坂 流

ISBN978-4-7584-4065-3 C0193 ©2017 Yuki Ibuki Printed in Japan
http://www.kadokawaharuki.co.jp/[営業]
fanmail@kadokawaharuki.co.jp[編集]　ご意見・ご感想をお寄せください。